MIYASHITA KONOKA

小さな鈴
シリーズ

# 宮下木花 11歳 童話集

# ひとしずくのなみだ

宮下木花《みやしたこのか》 11歳 童話集《どうわしゅう》

# ひとしずくのなみだ

もくじ

# 1…ピクニック

ふゆが、おわって、はるになりました。

「おーい、みんな、おきろよー」

うさぎさんが、大きなこえでいいました。

「わあ、あったかい」

へびさんが、あなから、かおを出しました。

「ほんとうだ、いい天気だ」

かめさんが、くびを出していいました。

「はるが、きたんだね」

ちょうちょうさんが、キャベツのはたけから、とんできて、いいました。

「みんな、山へピクニックにいかないかい」

うさぎさんが、いいました。

「さんせーい」

へびさんが、くびをのばしていいました。

「いこう、いこう」

かめさんが、手をふっていいました。

「わーい、うれしいな」

ちょうちょうさんが、はねをひらひらさせて、いいました。

「みんな、じゅんびはいいかい。ぼくは、テントをもっていくよ」

うさぎさんが、いいました。

「ぼくは、シートをもっていく」

へびさんが、いいました。

「わたしは、おべんとうをもっていくわ。水《すい》とうもいっしょにもっていく」

かめさんがいいました。

「わたしは、ハンカチとティッシュをもっていくわよ」

ちょうちょうさんが、いいました。

みんなは、山へむかって、あるいていきました。

お日さまが、お空で、にこにこわらっていました。

白いくもが、ぽっかりうかんでいて、みんなが、あるくと、ゆっくり、ゆっくりついてきました。

かぜさんも、やさしく、そよそよとふいていました。

「うたをうたおうか」

へびさんが、いいました。

「なんのうたが、いいかなあ」

うさぎさんが、いいました。

「ええと、ええと……」

かめさんが、かんがえながらいいました。

「となりのトトロのさんぽのうたが、いいわ」

ちょうちょうさんが、いいました。

「さんせい。じゃ、うたおう。ぼく、手《しゅ》わができるよ」

うさぎさんがいって、手わをしながら、うたいはじめました。

〽あるこう　あるこう　わたしはげんき
あるくの、大すき　　　　　　　（JASRAC　出0613347-601）

うさぎさんは、手わがとても上手《じょうず》でした。

「ぼくだってできるよ」

へびさんがいって、しっぽをくるくるまわしてうたいました。

「へびさんは、しっぽが、上手にうごくわね。わたしもやってみよう」

いままで、手わをしながら、うたっていたかめさんが、しっぽをふりながら、うたいました。

「まあ、かわいい。わたしも、やってみよう」

それを見ていたちょうちょうさんも、そういって、しっぽでリズムをとりました。

「じゃ、ぼくも」

さいごには、うさぎさんもそういって、しっぽをふりだしたので、いつのまにか、それは手わではなくて、しっぽわになってしまいました。

そうして、みんなで、しっぽをふって、うたいながら、どんどんあるいていきました。

ちょうちょうさんだけは、とべるので、ひらひら、お空をとんでいったのです。

かめさんは、あるくのが、とってもゆっくりでしたが、それでも一生《いっしょう》けんめいあるきました。

へびさんは、にょろにょろと、うさぎさんは、ぴょんぴょん、はねていきました。

そうして、みんなは、さとをこえ、おかをこえて、山につきました。

「わあ、大きなお山だなあ」

うさぎさんが、びっくりしていいました。

「木がいっぱい生《は》えてる」

へびさんが、いいました。

「川がながれてる」

かめさんが、いいました。

「むこうに、みずうみがあるわ。すてきね」

ちょうちょうさんが、いいました。

「ヤッホー」

うさぎさんが、山にむかって、大きなこえでいいました。

するとむこうからも、ヤッホーというこえがきこえてきました。

「こだまだわ。わたしも、やってみよう。ヤッホー」

こんどは、ちょうちょうさんが、とびながらいうと、山のほうで、ヤッホーとこだまがこたえたのでした。

「おもしろい。ぼくも、やってみよう。ヤッホー」

「わたしもやってみる。ヤッホー」

つぎにへびさんとかめさんが、ヤッホー、ヤッホーというと、山のほうから、ヤッホー、ヤッホーというこえが、つづいてかえってきました。

「ああ、おなかがすいた」

「むこうのお花ばたけで、おべんとうを食《た》べましょう」

うさぎさんがいうと、ちょうちょうさんが上のほうから見て、いいました。

「わーい、わーい」

みんなは、お花ばたけのほうへ、かけていきました。

クローバーの上に、へびさんが、もってきたシートをしきました。

その上に、かめさんが、もってきたおべんとうを、ひろげました。

かめさんのおかあさんが、つくってくれたおにぎりです。とてもおいしかったです。

のどが、かわいていたので、水とうのお水をのみました。ごくごくごくとのみました。

お日さまが、お空のまんなかで、みんなを見ていました。

白いくもも、うかんでいます。

かぜも、やさしくふいています。

お花ばたけの花たちは、みんなたのしそうに、くびをふっています。

「お日さまー、大すきでーす」

うさぎさんが大きなこえで、そういって、お花ばたけを、ぴょんぴょんとびまわると、お日さまは、にこにこわらって、うれしそうにしました。

「くもさーん、大すきだよー」

へびさんが、そういって、草《くさ》の上をにょろにょろうごくと、くもさんも、にっこりわらいました。

「かぜさーん、大すきよー」

かめさんが、おもいきり、くびをのばしていうと、かぜさんは、ホホホとわらって、よろこびました。

「お花さーん、大すきだわー」

ちょうちょうさんが、お花ばたけを、とびまわっていうと、お花さんたちは、ランランランと、たのしそうにうたいました。

「こんどは手わでやってみようか」

うさぎさんは、そういうと、山のほうをむきました。そしてまず、じぶんをゆびさし、それから山をゆびさしました。とてもまじめなかおをしています。

そしてのどのところを、右手の人さしゆびと、おやゆびで、はさむようにすると、それをそのまま、むこうへひっぱるようにしました。

それは、手わで、わたしは、あなたがすきです、ということです。

すると、うさぎさんには、山がよろこんで、じしんのようにからだをグラグラさせて、ヤッホーとこたえたように、おもえたのでした。

「ぼくも、やってみよう」

へびさんは、そういうと、山に生えている木にむかって、うさぎさんのようにしました。といってもへびさんには手がないので、しっぽでおなじようにしたのです。けれども木には、それがわかって、いっせいにからだを、ゆすって、よろこんだのでした。

「わたしも、やってみるわ」

かめさんが、川のほうへむかって、川さん、わたし、あなたが、大すきよと、手わでいうと、川は水音をたかくして、ありがとうといいました。

「さいごは、わたしね」

ちょうちょうさんは、そういって、いままでよりたかくとぶと、はねをパタパタさせて、小さな手で、みずうみさんへ、わたしは、あなたが大すきです、という気もちを、つたえたのでした。

そうしているうちによるになったので、うさぎさんがもってきたテントをはって、キャンプをしました。

そしてみんなで、カレーをつくって、食べたのでした。

お空には、お星《ほし》さまが、キラキラ、かがやいていました。

うさぎさんと、へびさんと、かめさんと、ちょうちょうさんは、みんな、お星さまが、大すきだったので、いつまでも、いつまでも、お星さまたちに、手わで、お星さまが大すきです、大すきですと、はなしつづけていました。

お星さまたちもそれがうれしくて、うれしくて、たまらなくて、よい子たち、ありがとう、ありがとう、といって、キラキラ、キラキラ、ひとばんじゅうひかっていました。

# 2…おたまじゃくしとかたつむり

水の中につながった細長《ほそなが》い物《もの》があります。

そう、これはカエルのたまごです。

このたまごがかえると、おたまじゃくしが生まれます。

おや？　たまごがうごいています。
・・・・
やっとおたまじゃくしが生まれました。

土の上では一ぴきのかたつむりが、みんなにいじめられています。

「やーい、チビ、仲間《なかま》になんか入れてやらないもんねー」

そのおたまじゃくしは、かたつむりがいじめられていることに気がついていたのです。

いじめっこが行《い》ってしまうと、そのかたつむりがこっちにやってくるではありませんか。

おたまじゃくしは、小さく手をふって言《い》ってみました。

「ハーイ！」

するとかたつむりが、はずかしそうに答《こた》えました。

「こんにちは」

二ひきは自分《じぶん》のことを話《はな》し始《はじ》めました。

「ぼくね、さっき生まれたばかりで、さいしょに、君《きみ》に会《あ》ったんだよ」

おたまじゃくしは短《みじか》くすませました。

「ぼくは、三日前《まえ》に生まれたんだ。でもお父《とう》さんもお母《かあ》さんも、兄弟《きょうだい》もいなくて、ろくに食《た》べてないんだ。だから小さいのでチビって言われるんだ。しょうがない」

次《つぎ》にかたつむりがポツリと言いました。

「へいき。へいき。ぼくと友《とも》だちになろうよ、ね！」

おたまじゃくしは、はげましました。

「でも、きみは水の中だし、ぼくは水の中に一度《いちど》も入ったことがないんだよ」

「うん、どうしよう」

かたつむりが言うと、おたまじゃくしは、こまったように言いました。

「でも、だいじょうぶ。水のあさいところから近《ちか》づいてみるよ」

かたつむりは、そう言って、おたまじゃくしのすぐ近くまで来《き》ました。

「これで遊《あそ》べるね」

おたまじゃくしが、うれしそうに言いました。

そのときから、おたまじゃくしとかたつむりは、水と土のさかいのところに、いつもいっしょにいて、どんどん仲よくなっていきました。

ある日、おたまじゃくしにへんかがありました。後《うし》ろ足と前足が出てきたのです。

かたつむりが言いました。

「おたまじゃくし君《くん》、ぼく、おばさんたちに聞《き》いたんだけど、君は、いつかカエルになるよね。あのね、子どもでもすがたがカエルにかわったら、一人《ひとり》でいろいろなところへ行かなきゃならないんだって」

「ええー、そんなのいやだよう。君とおわかれするんでしょ。ああ、もうぼく前と後ろ足が生《は》えてきちゃった」

「ぼくだっていやだよ。君がいなければ、いっしょに水遊びもできないし、一人になってまたいじめられちゃうよー」

おたまじゃくしとかたつむりは、さいこうの友だちだったので、わかれるのがつらいのです。

次の日、おたまじゃくしは、しっぽが短くなり、少《すこ》しみどり色《いろ》になってきました。

かたつむりは一ついてあんをしました。

それはおわかれ会《かい》をすることです。

「おたまじゃくし君、おわかれ会を開《ひら》こうと思《おも》っているんだけど、もちろんいいよね」

「いや、開かないで。そんなことをすると、よけいさびしく悲《かな》しくなるじゃないか！」

おたまじゃくしに言われて、かたつむりは少しショックでした。

「でも、さよならを言って、花たばをわたすのはいいでしょ？」

「うん、いいよ。でも明日《あした》ね」

おたまじゃくしは暗《くら》い声《こえ》で言いました。

次の日、おたまじゃくしは、もうおたまじゃくしではありません。カエルです。

カエルとかたつむりは、きのうやくそくした場所《ばしょ》へ行きました。

かたつむりは花たばとカードを持《も》ちました。

カエルは泣《な》いてしまうかもしれないので、ハンカチ三まいとカードです。
まず、かたつむりがカードを読《よ》みました。

『カエル君へ
ぼくと君は友だちだね。
でも、すごく短い気がした。
ぼくは、もうさびしくないよ。
カエル君、少しは遊びに来てね。
かたつむり♥』

次にカエルが読みあげました。

『かたつむり君、今《いま》までありがとう。
こんなぼくとつきあってくれて。
ぼくたちは、はなればなれになっても、ずっと友だちだよ。
わすれないでね。
カエル』

そして、かたつむりとカエルは、カードをこうかんしました。

かたつむりは、花たばといっしょにわたしました。

カエルは、ハンカチ二まいといっしょにわたしました。一まいはとっておきました。

「さようなら」

と、かたつむりが言いました。

するとカエルはクルリと後ろ向《む》きになり、何《なに》も言わずにとびはねて行ってしまいました。

泣きだしてしまいそうだったのです。

# 3…リンとチャッピー

あすみちゃんは、小さい女の子です。

こねこのリンと、としをとったしばいぬのチャッピーをかっています。

リンはおうちのなかにいたり、おそとであそんだりします。

チャッピーは、おにわのいぬごやにいます。

あすみちゃんが、ほいくえんからかえってくると、おにわのチャッピーが、うれしそうにワンワンなきます。

「ただいま、チャッピー」

あすみちゃんが、そういって、おうちにはいると、リンがニャーンニャーンといって、でむかえてくれます。

「ただいま、リン」

あすみちゃんは、そういって、リンをだっこします。

『おかあさんは、かいものにいってきます。おやつにクッキーをたべてください。

あすみへ
おかあさんより』

テーブルのうえに、おかあさんのてがみとクッキーがあったので、あすみちゃんはリンといっしょにたべました。

するとおにわで、チャッピーが、ぼくもたべたいようとワンワンほえました。

「あ、いけない。チャッピーにもあげなくちゃ。リンちゃんおいで」

あすみちゃんは、リンといっしょに、おそとへとびでていって、チャッピーにもクッキーをあげました。

「ワンワン、ワンワン」

チャッピーは、おいしいおいしいといってなんどもなきました。

それからあすみちゃんは、おへやでリンと「どうぶつじてん」と「うみのたびゴーゴー」というビデオをみました。

どうぶつじてんには、ライオンやゾウ、キリンやシマウマ、カバ、ワニなど、たくさんどうぶつがでてきました。

「うみのたびゴーゴー」では、クジラのおとうさんとおかあさんとこどもたちが、あちこちたびをしました。

おかあさんがかえってきたので、あすみちゃんはおかあさんと、チャッピーのさんぽにでかけました。

あすみちゃんとおかあさんは、リードをこうたいでもちました。

チャッピーはリードを、ぐんぐんひっぱって、うれしそうにあるきました。

たんぼのほうにくると、チャッピーは、あぜみちで、オシッコをしたり、ウンチをしました。おかあさんがもってきたシャベルで、ウンチをとって、ビニールのふくろにいれました。おうちへもってかえるのです。

「あ、いけない。もうこんなじかんだわ。はやくかえって夕ごはんのしたくをしなくちゃ」

おかあさんが、うでどけいをみていったので、ふたりはたんぼみちをチャッピーをはしらせて、かけてかえってきました。

チャッピーは、したをだしてハァハァいって、とてもたのしそうでした。

「おかあさん、こんばんのおかず、なぁに？」

とあすみちゃんはききました。

「やきざかなと、やさいいためと、にものだよ」

おかあさんがいったので、あすみちゃんのおなかはグーグーなりました。

さっきおやつをたべたのですが、チャッピーをさんぽさせたので、もうおなかがすいてしまったのです。

それからあすみちゃんは、おかあさんのおてつだいをして、テーブルにおはしやおさらをならべたりしました。

するとおそとのほうで、おにわのそうじをしていたおばあちゃんのこえがしました。

「あ、チャッピーが、たおれてる。なんだかようすがおかしいよ!」

あすみちゃんは、すぐにとびだしていきました。

みるといぬごやのまえのしばふのうえに、チャッピーがたおれていて、ゲーゲーいって、ちのかたまりのようなものをはいていました。

そしておしりからも、ウンチといっしょにちがでていました。

「おかあさん、たいへん、チャッピーが、たいへん、はやくきて、きて!」

あすみちゃんはなきそうになって、だいどころのおかあさんをよびました。

「あすみ、はやくうらのはたけへいって、おとうさんをよんできて」

おかあさんはそういうと、おばあちゃんとふたりで、チャッピーのおしりを、ティッシュペーパーでふきはじめました。

うらのはたけを、トラクターでたがやしていたおとうさんをつれてくると、おかあさんがいいました。

「あすみとふたりでさんぽにつれていって、さっきまでとってもげんきだったのよ」

「うわっ、これはひどい。チャッピー、どうしたの、うん？　どうしたの？」

おとうさんはチャッピーのからだを、なでながらいいましたが、チャッピーは、おなかをブルブルふるわせていました。

さっきまでなんでもなかったのに、チャッピーのおなかはペチャンコでした。

「もっときれいにふいてやろう」

おかあさんがボロきれをもってくると、おとうさんはチャッピーをだっこして、くちのあたりもおしりのへんも、きれいにふいてやりました。

しかしすぐにチャッピーはゲーをするので、おくちにちがついてしまい、おしりからもゆるいウンチとちがでてくるのでした。

「みずをのませてみようか」

おとうさんがおにわにあるすいどうから、おみずをだして、てですくってやると、チャッピーは、それをペチャペチャおとをさせて、のんだのです。

「お、いいぞ。チャッピー、もっとおのみ」

おとうさんはなんかいもそうやって、チャッピーにおみずをのませました。

「ササミのはいったおかゆをつくってみたんだけど、チャッピー、たべるかしら」

おかあさんがだいどころから、いつもチャッピーのごはんをつくる小さなナベをもってきていいました。

「チャッピー、ごはんだよ、たべてごらん」

おとうさんが、ゆげをたてているおかゆのごはんを、フーフーしてさましてやって、おくちにもっていってやると、チャッピーはペロリとたべたのでした。

「あ、すごい。チャッピー、いいぞ、いいぞ。もっとおたべ」

おとうさんがいうと、チャッピーは三くちほどたべて、いままでぐったりしていたのに、きゅうにたちあがったのです。

「あ、チャッピーがたった」

「ほんと、チャッピー、えらい」

あすみちゃんとおばあちゃんがいいました。

「チャッピー、どこへいくの」

みんながみまもっていると、チャッピーはしばふのうえを、サルスベリの木のほうへ、ヨタヨタとあるいていきました。

チャッピーはいつも、その木の下でウンチをするのでした。

チャッピーはそこにきてかがみこむと、おしりからオシッコのようなちのウンチをしました。そしてそこにコテッとたおれてしまいました。

「チャッピー、チャッピー」

おとうさんはかけよると、チャッピーをだいて、いぬごやのなかのもうふにねかせました。

「チャッピー、もういいんだよ。ウンチもオシッコも、ここでしていいからね」

チャッピーはくるしそうにしたをだして、ハァハァいっていました。おなかのあたりがへこんだり、ふくらんだりしていました。

「ダメだ、すぐどうぶつびょういんへつれていこう。あすみ、ついてきなさい」

おとうさんは、もうふにくるんだチャッピーを、あすみちゃんにだっこさせて、軽《けい》トラをうんてんして、どうぶつびょういんへむかいました。

「なにか、ドクのはいったものをたべたとしか、かんがえられませんね。ひどいシュッケツセイイチョウエンです」

せんせいはそういいましたが、おうちのものにはおもいあたることがありません。

クッキーをいっしょにたべましたが、あすみちゃんもリンもなんともありません。

さんぽのときも、なにもたべたようすはないのです。

チャッピーがにゅういんしてから、あすみちゃんはまいにち、かみさまにおいのりしていましたが、三日めのあさ、チャッピーがしんだというしらせがありました。

あすみちゃんは、おとうさんといっしょに、軽トラでチャッピーをむかえにいきました。

いくときとおなじようにあすみちゃんが、チャッピーをだっこしてきました。

おとうさんが、うらのはたけのツバキの木の下に、スコップであなをほりました。

おかあさんが、さびしくないようにと、おかあさんのにおいのついているバスタオルで、チャッピーをくるんでやりました。

おとうさんは、あなをほって、あせびっしょりになったので、シャツをぬいで、チャッピーのからだにかけてやりました。

あすみちゃんとおばあちゃんは、にわにさいているタンポポのはなを、いっぱいつんできて、チャッピーのまわりにいれました。

チャッピーは、あんなにくるしんだのに、とってもやすらかなかおをしていました。

おばあちゃんが、おきょうをあげました。

あすみちゃんは、なきませんでした。

こねこのリンが、チャッピーのおはかのまわりを、グルグルまわり、いつまでもかなしそうに、ニャーンニャーンとないていました。

# 4…グーくんのザリガニ

グーくんは5さいです。

ごはんをたくさん、たべるのですが、やせっぽちでよわいです。それでほいくえんで、たっくんにいつもいじめられ、けんかをしても、すぐにまけて、ないてしまうのでした。

なつやすみのあるひのことです。

おとうさんといっしょに、じんじゃのそばのかわへ、ザリガニをとりにいきました。

おとうさんとグーくんは、かわのなかへはいって、あみであちこちをすくいました。けれども、とれるのはゴミばかりで、なかなかザリガニはとれませんでした。

「グーくん、あみをもっていてくれないか」

おとうさんが、そういったので、グーくんは、かわのなかであみをもっていました。

おとうさんは、かわかみのほうへあるいていきました。そしてザリガニがいそうなくさのかげを、あしでジャブジャブやりました。

ザリガニをおいだそうというのです。

グーくんは、こんどはとれるかもしれないとおもって、むねがドキドキしました。

おとうさんが、かわのくさのかげにかくれているザリガニを、あしでおいながら、いきおいよく、こちらへやってきました。

「それ、グーくん、あみをあげろ」

「はい」

おとうさんがいったので、グーくんは、ちからいっぱい、あみをうえにあげました。

するとあみのなかに、ゴミといっしょに、ザリガニが1ぴき、ピチピチとおどっていました。

「やったあ!」

グーくんは、うれしくて、おもわずさけびました。

「やったね、グーくん」

「やったあ、やったあ。すっごい、ザリガニだあ」

「これはアメリカザリガニじゃなくて、ニホンザリガニだぞ」

おとうさんは、そういって、もってきたバケツのなかへ、それをいれました。

おとうさんのはなしによると、いま、にほんにいるのは、だいぶぶんが、70ねんほどまえにアメリカからきたアメリカザリガニばかりで、このへんでは、むかしからすんでいたニホンザリガニは、ひじょうにめずらしいとのことです。

アメリカザリガニは、からだが10センチほどで、ハサミもあかぐろくて、おおきいですが、ニホンザリガニは6センチくらいで、ひとまわりちいさいです。

それでもグーくんは、おおよろこびでした。

おうちへもってかえって、すいそうにすなとみずをいれ、くさをいれてやりました。そしてごはんつぶを、まいにちすこしずつたべさせました。

なつやすみがおわると、グーくんはそれをほいくえんへもっていきました。クラスで1ばんからだがおおきく、けんかがつよいたっくんが、いつもおおきなアメリカザリガニをもってきて、じまんしていたからです。

「グーくんのザリガニ、ちっちゃくてよわそうだなあ」

たっくんが、グーくんのザリガニをみていいました。

たっくんのザリガニは、デパートでかったもので、とくにみぎのハサミがおおきくて、りっぱでした。

「それなら、たたかわせてみようか」

グーくんはいうと、つくえのうえにザリガニをだしました。

「よーし、やっつけてやるぞ」

たっくんも、そういって、アメリカザリガニを、つくえのうえにのせました。

「グーくんのニホンザリガニ、がんばれ」

「たっくんのアメリカザリガニ、がんばれ」

みんなが、つくえのまわりにあつまって、おうえんしました。

さいしょ、からだのおおきいたっくんのアメリカザリガニが、グーくんのニホンザリガニをはさみました。つぎに、グーくんのニホンザリガニがはさみました。そしてなんどもなんども2ひきは、めだまをギョロギョロさせ、はさみっこをして、はげしくたたかいました。

しかしさいごに、からだのちいさいグーくんのニホンザリガニが、ハサミをひくくかまえて、そのままおしていって、からだのおおきいたっくんのアメリカザリガニを、つくえのしたに、つきおとしてしまいました。
「グーくんのニホンザリガニのかち！」
いつのまにか、きょうしつにきて、それをみていたせんせいがいいました。
それからグーくんは、たっくんにいじめられなくなりました。
グーくんのザリガニは、いまでもグーくんのおうちで、げんきにいきています。
グーくんは、ほいくえんからかえってくると、ザリガニといっぱいおはなしをします。

# 5…グーくんのこいのぼり

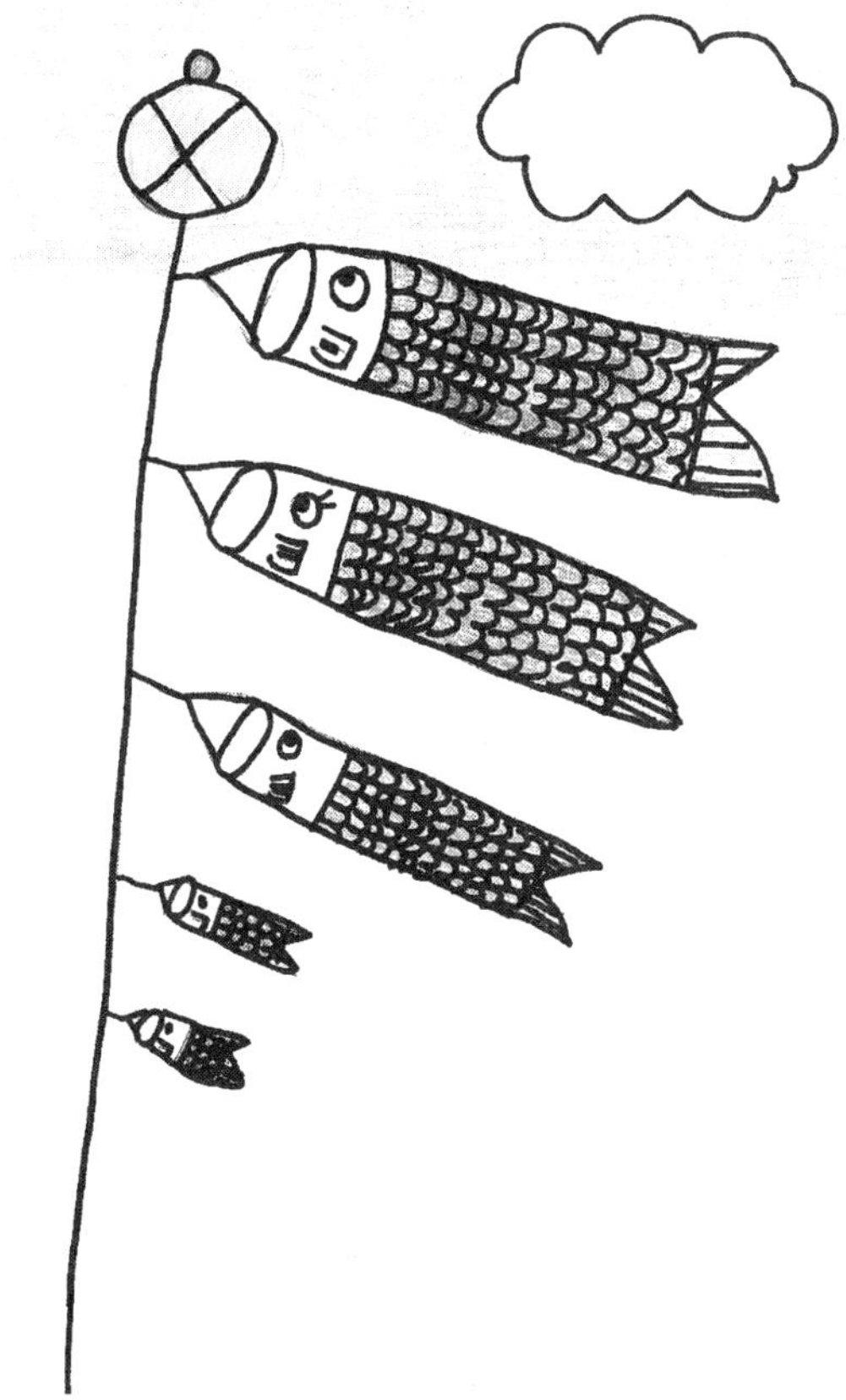

グーくんは、５さいです。

こいのぼりが、だいすきです。青空をおよいでいる、こいのぼりを見ると、うれしくて、わくわくするのです。

グーくんのうちでは、５月５日の、子供《こども》の日が近《ちか》づくと、うらの畑《はたけ》に、こいのぼりを上げます。

グーくんが生まれた年、しんせきのおじさんが、山から、ヒノキの長《なが》い柱《はしら》を、切《き》ってきてくれました。その柱のてっぺんに、かざぐるまをつけて、おとうさんが立てるのです。柱は、重《おも》いので、近所《きんじょ》のおじさんが手伝《てつだ》ってくれます。

最近《さいきん》では、どのうちでも、買《か》ってきたスチールの柱で、本当《ほんとう》の木の柱をたてるのは、グーくんのうちだけです。

グーくんは、畑のまんなかに、やねより高《たか》く、こいのぼりが上がると、うれしくてなりません。

グーくんのうちには、大きなカシの木が５本あります。どの木も、あざやかな緑《みどり》の葉《は》っぱをつけて、風《かぜ》にゆれています。こいのぼりは、カシの緑をバックに、元気《げんき》いっぱい、およぐのです。それを見るとグーくんも、元気がわいてくるのです。

こいのぼりは、全部《ぜんぶ》で9ひきいます。

1番《ばん》上は、大きな、むらさき色《いろ》のふきながしです。

2番目は、真《ま》っ黒《くろ》なまごいで、お父《とう》さんです。

3番目は、真《ま》っ赤《か》なひごいで、お母《かあ》さんです。

4番は、金色のお兄《にい》さんです。

5番は、ぎん色のお姉《ねえ》さんです。

6番は、青い男の子です。

7番は、ピンクの女の子です。

8番は、緑色の赤ちゃんです。

9番は、黄《き》色の赤ちゃんです。

こいのぼりのひものはしは、カシの木の太《ふと》いみきに、しばりつけてあります。

こいのぼりは、上から下へ、大きい順《じゅん》に、ななめにぶらさがって、およぐのです。

大きいこいのぼりは、しんせきや近所で、もらったものです。中くらいのこいのぼりは、デパートで買ったものです。小さいこいのぼりは、グーくんが、ほいくえんで、自分《じぶん》でつくったものです。

青空高く、元気におよぐ、こいのぼりを見るのは、とてもきもちがいいものです。けれども今年《ことし》は、グーくんが、病気《びょうき》になって、町の病院《びょういん》へ、入院してしまったので、こいのぼりが上げられません。

お父さんも、お母さんも、それがたいへんさびしく、ざんねんでした。最初《さいしょ》のうちは、先生が、5月の子供の日のころには、たい院できるでしょうと言ってくれたので、とてもたのしみにしていたのですが、グーくんの病気は、なおりませんでした。

病院のまどからは、町のあちこちに、こいのぼりが上がっているのが見えました。病気なんかにならなかったら、おうちのこいのぼりが見られたのになと思《おも》うと、グーくんはなみだがでてくるのでした。

それを見て、おなじ部屋《へや》に入院している、小学校1年生の、マサキくんがいいました。

「グーくん、元気を出せよ。こいのぼりなら、また来年《らいねん》見られるじゃないか」

「うん、そうだけどね。やっぱりお父さんが上げてくれた、こいのぼりが見たいんだよ。ぼくのうちのこいのぼり、カッコいいんだから」

「ふーん、グーくんちは、お金持《も》ちなの？」

「ぼくんちのお父さんは、毎日《まいにち》畑で、一生《いっしょう》けん命《めい》、働《はたら》いているけど、すごくびんぼうで、いつもお金がない、お金がないって言《い》ってる」

「そう。じゃ、うちのお父さんと同《おな》じだ。ぼくんちのお父さん、会社《かいしゃ》がつぶれちゃったんだ」

二人は、子供のくせに、病院のまどから、町のあちこちに上がっている、こいのぼりを見ながら、そんな話《はなし》をしたのでした。

「ぼくんち、アパートだから、小《ち》っちゃいこいのぼりを、ちょこっと立ててるだけだよ」

「そう。マサキくんに、ぼくんちのこいのぼりを、見せてやりたいな。うらの畑のまんなかに、柱を立ててさ……」

グーくんはマサキくんに、お父さんが立ててくれるこいのぼりが、どんなにカッコいいか、話《はな》しました。それはけっしてほかのうちのこいのぼりほど、りっぱではありませんでしたが、グーくんは、ヒノキの柱の自分のうちのこいのぼりが、自まんだったのです。

「グーくんちのこいのぼりは、大きいのは3びきだけで、小っちゃいのばかりじゃないか。それにいまどき、木の柱なんて、やぼくさいな」

そんなことを言う大人《おとな》もいました。

けれどもグーくんは、自分のうちのこいのぼりが、だいすきなのでした。

「ふーん、じゃグーくん、今年はもうだめだけど、来年の子供の日には、グーくんちへこいのぼりを、見に行《い》っていいかな」

「いいとも、ぜったいきてよ。マサキくん、やくそくだよ」

グーくんとマサキくんは、ゆびきりげんまんをして、やくそくしたのでした。

しかし、マサキくんは、それからちょうど一月たった6月5日に、急《きゅう》に病気が悪《わる》くなって、死《し》んでしまいました。

「マサキくん、なんで死んじゃったんだよ。来年、ぼくのうちへ、こいのぼりを見に来《く》るって、やくそくしたじゃないか」

グーくんは、泣《な》きながら言いました。

マサキくんは、小学校1年生でしたが、一度《いちど》も学校へ行かずに、死んでしまったのでした。

グーくんは、仲良《なかよ》しだったマサキくんが、死んでしまったので、悲《かな》しくてなりませんでした。そのため、ごはんがあまり食《た》べられなくなり、病気が、なかなかなおりませんでした。グーくんは、もしかしたら、マサキくんのように、自分ももうすぐ、死んでしまうのではないかと思うのでした。それで、お父さんに聞《き》いたのです。

「お父さん、人は死ぬとどうなるの?」

「さあ、お父さんも、死んだことがないから、わからないんだよ」

お父さんは、こまったような顔《かお》をして言いました。

「ぼく、死んだら、こわい鬼《おに》がいる、じごくへ行くのかなあ」

「ばかなことを言っちゃいけないよ。グーは、じごくへなんか行きはしない。絶《ぜっ》対《たい》、天国《てんごく》の神様《かみさま》の所《ところ》へ行けるからね」

お父さんはグーくんにむかって、おこったように言うと、その手をにぎってあげました。するとグーくんは、安心《あんしん》したようにベットの上から、お父さんを見て言いました。

「じゃ、マサキくんは?」

「マサキくんだって、天国へ行ったにきまっているさ。いい子は、みんな、天国へ行くんだ」

お父さんは、そう言って、グーくんの顔をのぞきこむと、ハッとして、言いなおしました。

「グー、なにを言ってるんだ。おまえは死にはしないよ。ぜったいなおるよ。ごはんをもりもり食べて、早く元気になって、マサキくんの分まで、がんばって生きなきゃだめだぞ」

グーくんは、お父さんに言われると、グッとくちびるをかみ、泣くのをがまんして、うなずきました。しかし、なみだがいっぱい目のふちから、こぼれおちたのです。お父さんはポッケからハンカチを出すと、それを大きな手で、ふいてやりました。

グーくんは、その日から、ぐんぐん病気がよくなりました。

グーくんがたい院したのは、マサキくんが死んで、10日たった6月15日のことです。きせつはすでに、つゆになっていて、まえの日まで、雨がしとしとと、ふっていました。ところが、グーくんがたい院したその日は朝《あさ》から、カラリとはれたのでした。お父さんは、むぎかりができると言って、喜《よろこ》んでいました。病院へむかえに来《き》たのは、お母さんでした。お父さんは、むぎかりでいそがしいとのことでした。

ところが、おうちへ帰《かえ》ると、庭《にわ》にお父さんがいて、にこにこ笑《わら》いながら言いました。

「グーくん、たい院、おめでとう。うらの畑へ行ってごらん。いいものがあるよ」

グーくんは、それを聞いて、うらの方《ほう》へ走《はし》って行き、あっとおどろいて、立ち止《ど》まり、飛《と》び上がって喜んだのでした。

「あ、こいのぼりだ、こいのぼりだ。こいのぼりが、およいでる!」

「お父さん、グーくんのたい院のお祝《いわ》いに、こいのぼり立てちゃった」

お父さんは、そう言って、大きな声《こえ》で笑いました。グーくんは、お父さんにだきついて言いました。

「お父さん、マサキくん、ぼくのうちのこいのぼり、天国で見てるかなあ」

「きっと見てるよ」

お父さんは、グーくんをだき上げると、青空を見上げて言いました。
6月15日は、古《ふる》いこよみでは、5月5日にあたります。

# 6…ノロボトケ

むかし、ある所《ところ》にノロスケという人がいました。

なにをするにもノロノロしていました。

子供《こども》の時《とき》にお父《とう》さんとお母《かあ》さんが死《し》んでひとりぼっちでした。

人の家《うち》の田んぼや畑《はたけ》の手伝《てつだ》いをしてくらしていました。

けれども仕事《しごと》がのろいので、しかられてばかりいました。

ノロスケは、しかられてもしかられてもがまんして、仕事を続《つづ》けました。

ある年のことです。村のお寺《てら》が火事《かじ》になって、仏様《ほとけさま》がやけてしまいました。

おしょう様と村の人達《ひとたち》はたいへん困《こま》って、新《あたら》しい仏様を作《つく》ってもらうために、都《みやこ》から先生を呼《よ》びました。

やって来《き》たのはかみの毛《け》がうすくて、いつもニコニコ笑《わら》っているやさしそうな老人《ろうじん》でした。

老人はノロスケにお手伝いをたのみました。

老人はノロスケといっしょに、山へ仏様を作る木を探《さが》しに行《い》きました。

しかしなかなか気にいった木がありません。

「仏様になりたがっている木は、どれだろう」

「どの木もどの木も、みんななりたがっています」

老人が言《い》うとノロスケが、辺《あた》りの木を見まわして言いました。

「そうか、おまえには木の気持《きも》ちが分《わ》かるか」

「中でもこの木が一番《いちばん》なりたがっています」

「形《かたち》は悪《わる》いが、大きさがちょうど良《よ》い。それにしよう」

ノロスケが谷川《たにがわ》のそばに生《は》えているカツラの木を指《さ》して言うと、老人はかんたんに決《き》めてしまいました。

ノロスケはそれをゆっくりゆっくり切《き》りたおして、老人の仕事場《ば》まで運《はこ》びました。

老人の仕事場は名主様《なぬしさま》のお屋敷《やしき》のそばに借《か》りてありました。

「さて、この木はどんな仏様になりたがっているのかな。木の気持ちを聞《き》きながらほるとしよう」

老人は木に向《む》かってそう言うと、ノミをにぎってほり始《はじ》めました。

しかし十日ほどして、仏様のだいたいの形ができると、老人は突然《とつぜん》、心《しん》ぞうが痛《いた》くなって死《し》んでしまいました。

これには、おしょう様も名主様も村の人も困ってしまいました。

ノロスケは悲《かな》しくて悲しくて泣《な》いてばかりいました。

やがて都からこんどはかみの毛が長《なが》くて、でっぷり太《ふと》った若《わか》い元気《げんき》そうな先生がやって来ました。

「こんな木ではダメだ。こんな木では良い仏様は作れない」

若先生はそう言って都からりっぱなヒノキをとり寄《よ》せて、新しい仏様をほり始めたのでした。

ノロスケは仕事がのろいのですぐやめさせられ、大工《だいく》のトメキチがお手伝いの人になりました。

ノロスケはがっかりしてしまいましたが、老人がだいたいの形にしたカツラの木をもらうと、自分《じぶん》の小屋《こや》まで運んできました。

「先生が、せっかくここまでほった木だ。きっと仏様になりたがってるにちがいない。オラはぶきっちょだが、心《こころ》をこめてほって仏様にしてやろう」

ノロスケはそう言うと、老人のノミを使《つか》って、図面《ずめん》を見ながらていねいにゆっくりゆっくりほり始めたのでした。

ノロスケは自分でもいやになるほど不器用《ぶきよう》でしたが、心をこめて一生《いっしょう》けん命《めい》、ほったのです。

顔《かお》や手のこまかい所がひじょうにむずかしく、どうほってよいか分からなくなることがしばしばでした。

そんな時にはノロスケは、お寺のすみにある老人のお墓《はか》へおまいりして、お祈《いの》りするのでした。

すると老人のやさしい笑顔《えがお》が心に浮《う》かんできて、またがん張《ば》ることが出来《でき》るのでした。

ノロスケがほった仏様は、ひじょうにへたくそで、手も足も変《へん》な形にまがっていて、泣いているような笑《わら》っているような顔をしているのでした。

「おとう、おかあ……」

ノロスケは思わず仏様に呼びかけてしまいました。

仏様が子供の時に死んだお父さんとお母さんの顔に少《すこ》しずつ似《に》ていたからです。

そして本人は気づきませんでしたが、他《ほか》の人が見るとそれはノロスケにそっくりなのでした。

　ノロスケは仏様をいつまでもそばにおいて、おがんでいたいと思《おも》いました。そうすればさびしくないからです。

　ところがある夜《よる》のこと、夢《ゆめ》の中に老人が現《あらわ》れ、困っている村の人達の願《ねが》いごとを聞いてやるために、仏様をお寺におさめるようにとお告《つ》げがありました。

　ノロスケは仏様をひもでせ中に結《むす》びつけ、まるで赤ちゃんをおんぶするようなかっこうでお寺に行きました。

　するとお寺にはずっと前《まえ》に、都から老人の代《か》わりに来た若先生が作った仏様があって、村の人達に大切《たいせつ》にされていたのでした。

　それはそれはりっぱな仏様で、顔や手足のこまかい所もみごとにほられ、金色《いろ》にピカピカ光《ひか》っていました。

　それを見て村の人達は、ありがたそうに手をあわせておがんでいるのでした。

「あ、のろまのノロスケが変なものをしょって来た」

「どうやら仏様らしいぞ」

　ノロスケが入っていくと村の人達が言いました。

「お寺のすみっこでいいですから、この仏様を置《お》かせて下さい」

ノロスケがせ中の仏様を下ろして言うと、若先生のお手伝いをしたトメキチが、それを見て笑って歌《うた》うように言いました。

「のろまのノロスケのノロボトケ！」

そのまねをして村の人達が声《こえ》をそろえてはやしたてました。

「のろまのノロスケのノロボトケ！」

「のろまのノロスケのノロボトケ！」

するとそこへおしょう様が出てきて言いました。

「ノロスケ、家《うち》のお寺には若先生がほったりっぱな仏様があるから、おまえの仏などいらんわい。どこか川にでもすてちゃいな」

ノロスケは悲しくなって本当《ほんとう》にそうしてしまおうかと思ったほどでした。

ノロスケはしかたなく仏様をせ中にひもでしっかり結びつけると、帰《かえ》ろうとしてとぼとぼ歩《ある》いて行ったのでした。

しばらくして大川の橋《はし》にさしかかると、下の方《ほう》から「助《たす》けてー、助けてー」という大きな声が聞こえてきました。

見ると川の真ん中《まなか》で七つと五つ位《くらい》の男の子と女の子が、おぼれてアップアップしていました。

それは物《もの》もらいの兄妹《きょうだい》でした。

ノロスケは橋の下に住《す》んでいたその子たちのお父さんとお母さんが、少し前に続けて死んでしまったことを知《し》っていました。

そして、何度《なんど》か、おもらいにやって来た二人《ふたり》に、おにぎりを作ってやったことがありました。

ノロスケは仏様をせおったまま、すぐに川にとびこみました。

ところがノロスケは泳《およ》げないのでした。

大人《おとな》が一緒《いっしょ》に死んでやれば、少しはさびしくないだろうと思ったからです。

川には妹《いもうと》の方が先に落《お》ち、それを助けようとして兄《あに》がとびこんだようです。

二人はどんどん流《なが》されて岸《きし》からはなれ、力がつきるところでした。

「オラのせ中の仏様につかまれ。早く、早く」

ノロスケは子供たちのそばにとびこむと、大声でそう言って、川の中にうつぶせになりました。

二人の子供は仏様にしがみつきました。

ノロスケは仏様をせおい、その上に子供たちをせおい、泳ぎ方《かた》を知《し》らないので手足をやたらバタバタさせて、息《いき》をするのも忘《わす》れて岸に向《む》かって流されていったのです。

二人の子供は仏様にしがみついていて、どうにか命《いのち》が助かりました。

しかし岸に流れついたノロスケは、仏様をせおったまま死んでいました。

ノロスケは自分がほった仏様と同《おな》じ、泣いているような笑っているような顔をしていました。

村の人達は大川の岸の所にノロスケのお墓をつくると、そばにお堂《どう》を建《た》てて仏様をおまつりしました。

助けられた兄妹は朝晩《あさばん》、お花をかざって仏様をお守《まも》りしました。

今《いま》でもその仏様は子供たちを助ける仏様として、ノロボトケと言われ、村の人達に信《しん》じられています。

よくノドボトケとまちがえられて、ノドの病気《びょうき》の人がおまいりしたりするそうですが、まあ、いいでしょう。

# 7…ふりこめサギ

あるところに一人《ひとり》ぐらしの、人のよいおばあちゃんがいました。

ある日のことです。

わるい男から電話《でんわ》がかかってきました。

「もしもし、おばあちゃん、おじいちゃんが車にはねられて入院《にゅういん》したので、お金をふりこんで下さい」

おばあちゃんは、すぐに銀行《ぎんこう》へいってお金をふりこみました。

ところが、おじいちゃんは何年《なんねん》か前《まえ》に死《し》んでいていないのです。

でもおばあちゃんは、その時《とき》、おじいちゃんが生きているような気がして、お金をふりこんでしまいました。

わるい男から二度目《にどめ》の電話がきました。

「もしもし、おばあちゃん、むすめさんが車にはねられて入院したので、お金をふりこんで下さい」

おばあちゃんは、すぐに銀行へいってお金をふりこみました。

ところが、おばあちゃんにはむすめがいませんでした。

でも、おばあちゃんは、その時、むすめがいるような気がして、お金をふりこんでしまったのです。

わるい男から三度目の電話がきました。

「もしもし、おばあちゃん、おまごさんが車にはねられて入院したので、お金をふりこんでください」

おばあちゃんは、すぐに銀行へいってお金をふりこみました。

ところが、おばあちゃんにはまごがいません。

でも、おばあちゃんは、その時まごがいるような気がして、お金をふりこんでしまいました。

わるい男から四度目の電話がきました。

「もしもし、おばあちゃん、おばあちゃんが車にはねられて入院したので、お金をふりこんで下さい」

おばあちゃんは、すぐに銀行へいってお金をふりこもうとしましたが、はてな？　と思《おも》いました。

わたしは車にはねられて入院したというが、いまここにいるわたしはだれだろう。

はてな？　はてな？

おばあちゃんはお金をふりこまずに家《いえ》へ帰《かえ》ってきて考《かんが》えこんでしまいました。

はてな？　はてな？　はてな？

するとそこへわるい男から、電話がきました。

「もしもし、おばあちゃん、おばあちゃんは車にはねられて入院しているんですよ。はやくふりこんでくれないとこまります」

やっぱりそうか、わたしは入院しているのか。

おばあちゃんはそう思って、もう一度銀行へいってお金をふりこみました。

おばあちゃんが、やれやれと思ってホッとして家に帰ってくると、わるい男からお礼《れい》の電話がきました。

「おばあちゃん、お金をふりこんでくれて、ありがとう」

おばあちゃんは言いました。

「いいえ、どういたしまして。こちらこそお世話《せわ》になりました。ありがとうございました」

それからしばらくたってのことです。

わるい男はわるいことばかりしていた、たたりでしょうか、今度《こんど》は自分《じぶん》が車にはねられて入院してしまいました。そしておばあちゃんに電話しました。

「もしもし、おばあちゃん、ぼく、車にはねられて入院したので、お金をふりこんで下さい」

「いいとも」

おばあちゃんは、すぐに銀行へいってお金をふりこみました。

するとまたわるい男からお礼の電話がありました。

「おばあちゃん、お金をふりこんでくれてありがとう」

おばあちゃんは言いました。

「いいえ、どういたしまして、あんたもからだを大事《だいじ》にして、早くよくなるんだよ」

その言葉《ことば》を聞《き》くとわるい男は泣《な》き出してしまいました。

「おばあちゃん、ごめんなさい。ぼくはおばあちゃんをだましていました。お金はぜんぶ返《かえ》します。ほんとうにごめんなさい」

おばあちゃんは人をうたがうことをしらない神様《かみさま》のような人ですが、わるい男の心《こころ》にも神様はいたのです。

# 8…おばけのヌーさん

10月31日は、ハロウィーンです。

ハロウィーンとは秋《あき》の取《と》りいれをお祝《いわ》いする日で、悪魔《あくま》をおいはらい、すべてのものがよみがえるようにお祭《まつ》りをしています。

アメリカでは、カボチャをくりぬいて、目や鼻《はな》や口をつけたチョーチンをかざり、子供《こども》たちは変《へん》そうして、夜《よる》、いろんな家《いえ》をまわって、お菓子《かし》をもらいます。

「お菓子をくれないとイタズラするぞ～」

子供たちは玄関《げんかん》でそう言《い》います。

すると家の人が用意《ようい》していたお菓子をくれます。

子供たちにとって、それは楽《たの》しいお祭りです。

アンディ君《くん》はガイコツのおばけに変そうすることにしました。

まっくろな布《ぬの》にチョークでホネをかいて目のところだけ穴《あな》をあけて、頭《あたま》からかぶり、体《からだ》にぴったりはりつくように作《つく》りました。

「ヒェー、こわい。オレって、こわいな」

アンディ君は鏡《かがみ》にうつったガイコツを見て、自分《じぶん》で自分がこわくなり、思《おも》わず言いました。

「これなら、みんなこわがって、お菓子が、いっぱいもらえるぞ」

アンディ君はそう思って、フッフッフッと笑《わら》うと、もっとこわくなり、せすじがゾッとしました。

妹《いもうと》のメアリーちゃんは、魔女《まじょ》の変そうです。

お兄《にい》ちゃんと同《おな》じまっくろの布《きれ》で、三角《さんかく》のぼうしをつくり、ダブダブの服《ふく》を着《き》て、こしをひもで結《むす》びました。

しかし、ツエがうまくできなくて困《こま》っています。どんな木のぼうでも魔女のツエにぴったりしないのです。先がまがっている古《ふる》いツエがほしくて、あちこちさがしたのですが、見つかりません。

お父《とう》さんとお母《かあ》さんに聞《き》いてもダメでした。

「メアリー、はやくしろよ。友《とも》だちが行《い》っちゃうよ」

「うーん、もう。だって魔女はツエがなくっちゃ、出かけられないのよ」

アンディ君が言うと、メアリーちゃんは泣《な》きそうな声《こえ》で言いました。

「なんだよ。魔女ならホウキにまたがって行けばいいじゃんか」

「あ、そうだ。わたし、なんで気がつかなかったんだろう」

アンディ君の言葉《ことば》に、メアリーちゃんはパッと明《あか》るい顔《かお》になりました。

ガイコツのアンディ君と、ホウキにまたがったメアリーちゃんは、急《いそ》いで外《そと》へ飛《と》び出していきました。

しかし、メアリーちゃんがツエのことでおくれてしまったせいでしょうか、どの家もみんな友だちがまわったあとで、二人《ふたり》は一つもお菓子がもらえませんでした。

「お前《まえ》がグズグズしているから、いけないんだぞ」

アンディ君が言うと、メアリーちゃんは泣き出してしまいました。

二人ともこのまま帰《かえ》るのはいやでした。

町はずれに来《く》ると、林の中におばけのヌーさんの小屋《こや》がありました。

ヌーさんのほんとうの名前は誰《だれ》も知《し》りません。かみの毛《け》が長《なが》くたれ下がってい て、ボロボロの服を着ていて、どこからともなくヌーと現《あらわ》れるので、みんなから おばけのヌーさんと呼《よ》ばれていました。

小屋に明《あ》かりがついていたので、アンディ君が言いました。

「おばけのヌーさんが住《す》んでる所《ところ》だ。行ってみよう」

「やめたほうがいいよ。こわいよ」

「なにいってるんだよ。オレたちはガイコツと魔女だぞ。ヌーさんなんか、ぜんぜんこわくないよ」

アンディ君はそう言うと、小屋の入口で大きな声で言いました。

「お菓子をくれないとイタズラするぞ〜」

するとおばけのヌーさんが、ヌーと出て来《き》て、ガイコツのアンディ君と魔女のメアリーちゃんを見て、言いました。

「ああ、今日《きょう》はハロウィーンかい。わしのところにはお菓子がなくて、あげられないから、イタズラしておくれ」

アンディ君とメアリーちゃんは、ちょっとびっくりして、顔を見あわせました。だけど二人はなにしろガイコツと魔女なので、勇気《ゆうき》を出して、ヌーさんの小屋に入り、イタズラすることにしました。

しかし小屋の中には台《だい》の上に聖書《せいしょ》が一さつあるだけで、ほかには何《なに》もありませんでした。これではイタズラのしようがありません。

それでアンディ君はおどけて、ランプの光《ひかり》の下で体をくねらせて、ガイコツおどりをしました。

メアリーちゃんの魔女は、ホウキにまたがって、小屋の中をグルグルまわりました。

おばけのヌーさんは、そのようすを見て、長いかみの毛をゆすらせて笑いました。

「ヌーさんもいっしょにおどってください」

「オッケー、オッケー」

アンディ君が言うと、ヌーさんはそう言って立ち上がり、ボロボロの服なので、ほんとのおばけそっくりにおどりました。

メアリーちゃんはホウキにまたがったままヌーさんを見て、やっぱりヌーさんはおばけにちがいないと思いました。

ランプの光の下で、三つのかげがいつまでも楽しそうに、ゆれ動《うご》いていました。

三つの笑い声が夜おそくまで、小屋の中にひびいていました。

そしておばけのヌーさんは、笑って笑って笑っているうちに、とうとう泣きだしてしまったのです。

「ヌーさん、どうしたの。オレたち、わるいイタズラをしてしまったのかな。ごめんなさい」

「ヌーさん、ごめんなさい」

アンディ君とメアリーちゃんは、ヌーさんにあやまりました。

「いいや、ちがうんだよ。わしはずっとひとりぼっちで、こんな楽しいハロウィーンは、はじめてだったから、感動《かんどう》してしまったんだ。二人ともアリガトね」

ヌーさんはボロボロのそでで、涙《なみだ》をふきながら言いました。

「オレたちも楽しかったです」

「とっても楽しかったです」

アンディ君とメアリーちゃんは、安心《あんしん》して言いました。

「わしはびんぼうだから、お菓子をあげられなくて、ごめんね」

おばけのヌーさんは二人に言いました。

「いいんです。そのかわり、イタズラさせてもらって、とっても楽しかったです」

「わたし、お菓子をもらうより、ずっとうれしかったわ」

アンディ君とメアリーちゃんは、口々《くちぐち》に言いました。

「ヌーさん、また来ていいですか」

「わたしも来たい」

二人が言うと、おばけのヌーさんもうれしそうに言いました。

「また来ておくれ。楽しみに待《ま》ってるよ。今度《こんど》はお菓子を用意しておくからね。夜がおそいから気をつけて帰るんだよ。バイバイ」

ヌーさんは小屋の出口で、お別《わか》れを言いました。

「バイバーイ」

「バイバーイ」

ガイコツと魔女の変そうのまま、アンディ君とメアリーちゃんは、ヌーさんに向《む》かって手をふると、林の道《みち》を走《はし》って帰りました。

お星様《ほしさま》が夜空《よぞら》いっぱいに光《ひか》っていました。

お家に帰るとおそくなった二人は、お父さんとお母さんにうんとしかられましたが、わけを話《はな》すとすぐにゆるしてくれました。

しかし、しばらくしてアンディ君とメアリーちゃんが、林の小屋に遊《あそ》びにいってみると、おばけのヌーさんはいませんでした。

人の話《はなし》によるとハロウィーンの次《つぎ》の日、おばけのヌーさんは神様《かみさま》にめされたとのことでした。

人々《ひとびと》はおばけのヌーさんは、もしかしたら聖者《せいじゃ》だったのかもしれないと言いました。

だけど、アンディ君とメアリーちゃんは、ヌーさんはほんとのおばけだったにちがいないと思いました。

だから、きっと、どこか遠《とお》くの林の中にかくれているのでしょう。

また、ヌーと出て来てくれれば、うれしいな。

そしたら、ヌーさん、いっしょに遊ぼうね。

# 9…冬《ふゆ》のかき氷《ごおり》
## ―動物村《どうぶつむら》のレスキューたい―

動物村《どうぶつむら》は冬《ふゆ》になると雪《ゆき》がたくさんふります。

サルとイヌとイノシシとリスのレスキューたいいんは、道《みち》の雪かきをしていました。

するとそこに山のほうからカラスがとんできて、なきながら言《い》いました。

「たいへんです、たいへんです。山の峠《とうげ》のところで、シカの親子《おやこ》がなだれにあいました」

「それはたいへんだ」

「すぐに助《たす》けに行《い》こう」

「みんな、じゅんびはいいか」

「おお！」

レスキューたいいんはスコップやロープなどをもって、ソリに乗《の》って出発《しゅっぱつ》しました。

イヌとイノシシが、ソリを引《ひ》っぱりました。

サルのたいちょうが、リスをかたにとまらせて、たづなを引いてかじをとりました。

あんないやくはカラスです。

たいいんたちは雪の中をまっしぐらに峠のほうに向《む》かってソリを走《はし》らせて行きました。

右がわのつなを引いているイヌは、舌《した》を出してハァハァ言いながらいっしょうけんめいに走りました。

左がわのイノシシは鼻《はな》をブーブーいわせて、キバをむき出し、もうれつないきおいで雪をけりました。

サルのたいちょうは顔《かお》をまっかにして、たづなをにぎり、それ、それと言って、イヌとイノシシをはげましています。

たいちょうのかたにのっているリスは、雪山の上のほうをとんで行くカラスの行き先を、みんなに教《おし》えました。

雪の山道を右にまがり、左にまがって、やっとレスキューたいは峠の事故現場《じこげんば》に、着《つ》きました。

そこはなだれにうまって、たおれた大きな木や岩《いわ》が、ゴロゴロしていました。

「ここです、ここです。はやく、はやく」

カラスが空中《くうちゅう》で羽《はね》をバタバタさせて言いました。

「それ行け！」

たいいんたちはスコップやロープをもつと、岩場《いわば》をかけ登《のぼ》って行きました。

イノシシたいいんの速《はや》いこと速いこと、あっという間《ま》に、現場にかけつけました。

そこには山から落《お》ちて来《き》たらしい大きな岩が、いくつもいくつもかさなってい て、その上には何本《なんぼん》ものおれた杉《すぎ》の木が、おおいかぶさっていました。

「おーい、だれかいるか？」

サルのたいちょうが、口にラッパのように手をあてて、大きな声《こえ》で言いました。

カラスはみんなをあんないしてつかれたのでしょうか、たおれた木の枝《えだ》にとまって、心配《しんぱい》そうにみています。

「いたら返事《へんじ》してくれ〜〜」

たいちょうの声が谷《たに》のほうでこだましました。

「あ、あそこの岩のさけ目に、だれかいるようだ」

鼻をクンクンさせて、あたりをかぎまわっていたイヌたいいんが、大きな岩と岩の間《あいだ》のさけ目に鼻先をくっつけて言いました。

「さすが、君《きみ》は鼻がきくな」

サルのたいちょうが、ほめて言いました。

「おーい、だれかいるか。いたら返事してくれ〜〜」

イノシシたいいんが、太《ふと》い声で言いました。

するとおくのほうから「助けてくれー」という声が、はっきり聞《き》こえて来たのでした。

「お、だれかいるぞ、生きてる、生きてる」

「ほんとうだ、声が聞こえる」

しかし、さけ目の穴《あな》があまりに小さいので、どうすることもできません。

そのときです、今《いま》こそぼくの出番《でばん》だというふうに、後《うし》ろのほうにいたリスたいいんが、前《まえ》に出てきて言いました。

「ぼくにまかせてください。中のようすを見てきます」

リスたいいんは小さなさけ目にスルスルと体《からだ》をすべりこませると、岩のおくにすがたをけしてしまいました。

みんなが心配そうに待《ま》っていると、まもなくリスが岩のさけ目から顔を出して、けいれいして言いました。

「報告《ほうこく》します。残念《ざんねん》ながら、おかあさんジカは子ジカのひとりにおおいかぶさり、岩につぶされて死《し》んでいます。しかし子ジカの兄妹《きょうだい》は生きています。特《とく》に兄《あに》のほうは元気《げんき》で、大けがをしている妹《いもうと》につきそっています」

それを聞くとサルのたいちょうは、みんなに命令《めいれい》して言いました。

「ヨシ、リスたいいんは、もう一度《いちど》、中へはいって、子ジカの兄妹をはげますんだ。残《のこ》り二名はただちに救出《きゅうしゅつ》じゅんび！」

まずはじめにみんなは穴の入口をふさいでいる岩を取《と》りのぞくことにしました。

スコップでまわりの雪をかき、岩をロープでしばり、力をあわせて引っぱることにしました。しかし、へたに岩を引っぱると自分たちのほうにそれが落ちてきたり、その岩を取りのぞいたために、またなだれになるときけんです。

だけどレスキューたいのたいいんたちは、ふだんからきびしいくんれんをしている勇気《ゆうき》のある者《もの》たちでした。

サルのたいちょうを先頭《せんとう》に、イノシシとイヌは力いっぱいロープを引っぱりました。

「せーの！」

カラスはなだれがおきそうになったら、すぐ知《し》らせるように、注意《ちゅうい》しながら空をとんでいました。

サルのたいちょうは赤い顔をもっと赤くして、イノシシは鼻をフンフンいわせ、イヌはウウウーと低《ひく》い声でうなりながら引っぱりました。

「それ、もう少《すこ》し、もう少し」

心配になったリスが入口のところまで出てきて言いました。

するとついに岩と岩のさけ目が、やっとみんなが通《とお》れるくらい開《あ》いたのでした。

「ヤッター！」

たいいんたちは声をそろえて言いました。

さいしょにサルのたいちょうが、兄の子ジカをだっこして助け出しました。

リスたいいんがきくと名前《なまえ》はムムだと言いました。体のあちこちにかすりきずがありましたが、たいへん元気でした。

次に妹の子ジカが同《おな》じようにたいちょうにだっこされて、穴から出てきましたが、体がぐったりしていました。

名前はミミです。ひたいから血《ち》が出ていて、腰《こし》のあたりがつぶれたようになっていました。

ミミは苦《くる》しそうな顔をして、イタイヨー、イタイヨーと泣《な》いていました。

最後《さいご》にイノシシとイヌが、おかあさんジカの死体《したい》をタンカで運《はこ》んで来ました。

たいいんたちはシカの親子をソリにのせると、村の病院《びょういん》へ急《いそ》ぎました。

ところが、とちゅうで雪がふってきてしまったのです。

リスたいいんは子ジカのミミのひたいのきずに、ほうたいをまいてやりました。

さわってみると、そこはすごいねつでした。

「おにいちゃん、かき氷《ごおり》がたべたいよう」

ミミはうわごとのように言いました。

ムムは、妹はこの前の夏《なつ》、海《うみ》の近《ちか》くのおばあちゃんちへ行ったとき、おいしいイチゴのかき氷をたべたことを思《おも》い出して、ねつがひどいのでそう言っているのだと思いました。

雪は空から、どんどんふっています。

「からだがあついよう。まるで夏みたいだわ。おにいちゃん、わたし、かき氷がたべたいの」

「そう、かき氷がたべたいのか。助かったらぜったいたべさせてやるからな、がんばるんだぞ」

「わたし、今すぐたべたいの」

ムムがはげまして言うと、ミミは苦しそうに首《くび》をふって、ダダをこねて言いました。

「かわいそうに。よっぽどねつが高《たか》くて、のどがかわいているんだな」

リスたいいんがそう言うと、ズボンのポケットに手を入れ、あめだまを一つ取り出しました。

「ミミちゃん、お口ああんしてごらん」

ミミが言われたとおり、そうすると、リスはミミの口の中に、あめだまを一つ、ポンと入れてやりました。

それはイチゴの味《あじ》がするおいしいあめだまでした。

「ミミちゃん、お口を、ああんしたままでいてごらん」

リスがそう言うとミミは、ずっとそのまま大きく口をあけて、ソリの上にねたまま運ばれて行きました。

あめだまの入っているミミの口の中に、空から落ちて来た雪が、どんどん、どんどん入りました。

「わあ、おいしい。イチゴのかき氷だ」

ミミはそう言って、にっこり笑《わら》いました。そしてブルブル体をふるわせると、そのまま死んでしまいました。

「ミミ、ミミ！　ミミ、ミミ……」

ムムがいくらよんでもダメでした。

ミミはおかあさんの死体の横《よこ》にねかされて、笑っているような顔のまま運ばれて行きました。

ムムはおかあさんと妹の死体に抱《だ》きついて、わんわん泣きながら行きました。

レスキューたいいんたちも涙《なみだ》をがまんすることができませんでした。サルもイヌもイノシシもリスも、雪道に涙をボロボロ、ボロボロこぼして病院に向かいました。

雪の空をカラスがかなしそうになきながらついてきました。

後《あと》でミミの死体を見たお父《とう》さんジカは、その顔がとっても幸《しあわ》せそうだったので、ホッとして、それから泣くのをやめたのでした。

# 10…ひとしずくのなみだ

青空が、どこまでも広《ひろ》がる晴《は》れた日の朝《あさ》、しば犬の「ふく」は、犬小屋《ごや》の前《まえ》の庭《にわ》で、おすわりしていました。

すこし前にふくは、この家《いえ》の一年生の女の子にひろわれてきたのです。

いつもの朝なら「いってきまーす‼」という女の子の元気《げんき》な声《こえ》が聞《き》こえてくるのですが、今日《きょう》は、なかなか聞こえません。

「どうしたのかなあ」

ふくが思《おも》っていると、親友《しんゆう》のノラ犬のケムがやってきました。

ケムはテリアの雑種《ざっしゅ》でケムリのような灰色《はいいろ》のフワフワの毛《け》が、はえています。

「おーい、ふく。どうしたんだ？　考《かんが》えごとでもしてるのかい？」

人間《にんげん》には、ただワンワンと鳴《な》いているようにしか聞こえませんが、不思議《ふしぎ》なことに犬には犬の言葉《ことば》があって、ちゃんと通《つう》じるのです。

「うん、ケム。ぼくさぁー、ちょっと気になることがあるんだ」

「ふく、どうしたんだい？」

「ぼくをひろってくれたこの家の女の子、なんだかぼくのこと、あんまりすきじゃないみたいなんだよ」

「そう、じゃ、ぼく体《からだ》が小さいから、家の中へ入って調《しら》べてこようか?」

「うん、お願《ねが》いするよ!」

ふくはケムに頼《たの》みました。

ケムはドアのすきまから、そっと家の中へ入っていきました。

ふくは、聞き耳をたてて、じっとしていました。

すると家の中から女の子の元気のいい声が聞こえてきました。

「わあー、ワンちゃんだー。毛が灰色のフワフワで、かわいい。お母《かあ》さん、このワンちゃんも、うちで飼《か》っていい? ね、いいでしょ?」

ケムが女の子に追《お》いかけられて、あわててにげだしてきました。

「ふ、ふく、この家の子はとっても元気だよ。今日は、平日《へいじつ》だけどふりかえ休日《きゅうじつ》だったんだ。あっ、あの子が来《く》るかもしれない。ぼくは飼われたくないんだ。にげるよ。一生《いっしょう》ノラでくらすつもりなんだ。自由《じゆう》はいいぞー」

ケムは、さきほど女の子に追いかけられ、しっぽをふまれたのです。

この家の犬にはなりたくなかったのでしょう。あわてた様子《ようす》でにげていきました。

ケムのさわぎがおさまると、こんどは、子犬のチロがトコトコやってきました。チロはやっぱりテリアのメスのノラ犬です。

「ふくちゃん、今《いま》、ヒマ?」

「う、うん、とってもヒマだよ」

ふくはこたえました。

「じゃあ、あたしといっしょに、お散歩《さんぽ》にいきましょうよ」

「いいなあ、ぼくも飼われてなかったらなあ」

「じゃあ、だっ走《そう》すればいいじゃない!! あなたの飼い主《ぬし》さんは、おでかけするそうよ。話《はなし》は全部《ぜんぶ》ケムから聞いたわ。自由はステキよ」

ケムとチロの関係《かんけい》は、親《おや》が兄弟《きょうだい》なので、いとこです。

「いいね! チロ、よく思いついたねぇ。ぼく、一人《ひとり》で計画《けいかく》立ててみるから、わるいけど、あっちへ行《い》っててね」

チロは、つまらなそうにぷいっと横《よこ》をむくと、またトコトコと行ってしまいました。

ふくは、考えることが苦手《にがて》で、だれかがいると気が散《ち》ってダメなのです。

それでふくは、チロを追いはらったのです。

「うーん、まずは、ご主人様《しゅじんさま》がおでかけしてくれないと……」

その時《とき》です。家の中から女の子が、とび出してきました。

「ふくー、今日ね、お父《とう》さんとお母さんと、遠《とお》い町の動物園《どうぶつえん》へおでかけするんだ。ホテルでひとばんおとまりしてくるからね。ふくはいい子におるすばんしてるんだよ。わかった?」

女の子はそう言って、ミルクとビーフジャーキーをおいていきました。

ふくは、すぐに食《た》べようとしましたが、半分《はんぶん》ケムにあげようと思いました。

そこへ、さっきにげていったケムが、おそるおそるやってきました。

「やあ、ふく。さっきはえらいめに会《あ》った」

「あっ、ケム! ちょうどいい時に来《き》たね。まぁ、これでも食べなよ」

ふくは、飼い主にもらった、ミルクとビーフジャーキーを半分あげました。

ケムは、ビーフジャーキーを食べながら、ふくにたずねました。

「あれ? ふくの飼い主さんたち、おでかけしたみたいだね。家にいた時ほどニオイが強《つよ》くないや」

「ケム、ぼく決心《けっしん》したんだ。チロからも自由はステキよって言われてね。それでぼく今、ご主人様がおでかけしている間《あいだ》に、だっ走しようと思うんだ」

「ふく！　エライ！　よくひとりで決《き》めたな。それならぼくも相談《そうだん》にのるよ」

「じゃあ……。自由な外《そと》のこと、もっと教《おし》えて。それとキケンなところも。ケムは生まれた時からノラだから、それくらい知《し》ってるよね」

「あ、ああ……。外にはな、たくさんのノラ犬のじんちがあるんだ。そのじんちをもつ犬の中には、おそろしい土佐犬《とさけん》のゴンという犬がいるんだ。それでゴンのじんちに少《すこ》しでも前足を入れると、ボッコボコにされるんだ」

それを聞いてふくは少しあとずさりしました。

「ぼく、なんかだっ走したくなくなってきちゃった……」

「そ、そんな……。それに楽《たの》しいこともあるんだ。ぼくは外の世界《せかい》のノラ犬だから、ふくのほかにも友達《ともだち》がいっぱいいるよ。ここに来《く》るように言うから、自由のよさを語《かた》ってもらいなよ！　じゃ、またあとで」

ケムはそう言うと急《いそ》いで走《はし》って行きました。

クンクン、クンクン。

どこからか鼻《はな》を鳴《な》らす音がします。

クンクン、クンクン。

だんだん音が近《ちか》づいてきます。

クンクン、クンクン。

クンクン、クンクン。

とうとうその音はふくのすぐ前まできました。

「オイ、このジャーキーとミルク、いただいてもいいか？」

その音のしょうたいは、ブルドックでした。

それも顔《かお》がシワシワなのは当《あ》たり前ですが、まるまると太《ふと》っているのです。

でも、なんとなくやさしそうです。

ふくは、ケムの友達ではないかと思いました。

「あっ、もしかしてケムの友達？」

「それより、このジャーキーとミルク、もらっていいかと聞いてるんだ」

ふくがおびえて聞くと、ブルドックは太い声で言いました。

「どうぞ……」

ふくはびっくりしたように言いました。

するとその犬は勢《いきお》いよくミルクとビーフジャーキーを食べはじめました。

30秒位《びょうくらい》で、全部《ぜんぶ》ペロリと食べつくしてしまいました。

しかし、まだ何《なに》か食べたそうにしています。

「お前、名前は？」

「ぼく、ぼくはふく！　君《きみ》は？」

「おう、オレはケムの友達のギンってんだ。まあ、よろしくな。それでオレに何か聞きたいこと、あるかい？　ミルクとビーフジャーキーのおれいさ」

「うん、自由な外って、どんなことがあるのか教えてほしいんだ」

「そのことならまかせろ！　なにしろオレはノラ歴《れき》7年だからなぁ。外でいいことは、いろんなヤツと友達になれるってことかな。オレはケムとも友達になったのさ」

「へぇー。キケンなところとか、もっといいこととか、くわしく教えて」

ふくはギンに言いましたが、ギンは舌《した》で口のまわりをなめると、プイッとどこかへ行ってしまいました。

「また、食べ物《もの》をさがしに行ったのかな」

と、ふくは思いました。

「あっ、そういえば、だっ走作戦《さくせん》、考えなきゃいけないんだった！」

ふくは、そう言ってミルクを飲《の》もうと思いましたが、さっき来たギンに全部飲まれてしまったのです。

ふくはしょうがないので、何も飲まずに考えはじめました。

「えーと、こうしてこうしてそのあとは……」

そこへ耳をたらしたビーグル犬がやってきました。

「あ、あのぉ。ぼく、ケムのお友達のジャックというんですけど、あのぉ、ギンに自由を教えてこいって言われて、ここに来たんですけど」

その「ジャック」という犬は、少しおびえたように言いました。

「君、名前は「ジャック」なんて強そうだけど、性格《せいかく》は弱虫《よわむし》なんだね」

「ハイ、よく言われます。あの、その、それで、知らないことって何かあるんですか？」

「うん……。ケムやギンにけっこう教えてもらっているけど、もっといろいろ知りたいな」

「分《わ》かりました。雨の日には、トラックに気をつけろって、ぼくの親が口ぐせのように言っていました」

「それはまたなんで?」

「水がはねるからよ」

いつのまにかやってきていたメスのビーグル犬が言いました。

「ね、ねえさん」

「やっとみつけたわよ、ジャック」

ふくには、ふたりの関係がすぐに分かりました。そうです、ふたりは姉弟《きょうだい》だったのです。

「あ、ジャックのお友達なの? あたしは姉《あね》のマリー。よろしく」

「ねえさん、この方《かた》はふくさんです。ケムのお友達だそうです。ふくさん、こっちは、ぼくの姉です」

「で、ジャック、ここで何をしているっていうの? 基地《きち》にいないからびっくりしたのよ。それでニオイをたどってここについたの。さあ、ジャック、理由《りゆう》を言いなさい。そしていっしょに基地に帰《かえ》るのよ」

「う、うん。それは、このふくさんがだっ走したいそうで、それで外にいくので、ケムの友達のギンさんが相談にのったんです。ぼく、ギンさんに言われたんです。『ふくに、外のことを教えてこい。ケムの友達だって言ったら分かってもらえるから』って。それで来たんです」

「ふうん、そういうことなら、あたしにまかせといて。もっと仲間《なかま》をよんで教えてあげるわ」

マリーが言うと、ジャックはワンワンワンと、3回ほえました。

そして5分《ふん》位たったでしょうか。

あっちからもこっちからも、いろんな種類《しゅるい》の犬が砂《すな》ぼこりをたてながらやってきました。

マリーは手早く犬たちのことをふくに説明《せつめい》しました。

「この子たちは、ノラ犬経験《けいけん》が豊富《ほうふ》だから、なんでも聞いてね。じゃあ、そういうことであたしは帰るわね」

マリーはよんだ犬たちをふくの小屋の前に集《あつ》めたまま、どこかへすがたを消《け》してしまいました。

ふくが犬たちを見て言いました。

「まずはひとりひとり、じこしょうかいをしてもらおうかな」

「ハイ、ワタクシハ、ゴールデン・レトリーバーノオスデス。アメリカカラキマシタ。ナマエハラッキーデス。ドウゾヨロシク」

「あたしはシーズーのナッピィ。いろんなことを聞いてね」

「あたちたち、ふたごのチワワよ。よろちく」

「あたちたち、そっくりでしょ」

「あたちはララ」

「あたちはルル」

ふたりは声を合《あ》わせて言いました。

そして、この調子《ちょうし》で12ひきと1組《くみ》のじこしょうかいが終《お》わりました。

「じゃあ、うーんと……」

「自由な外のことをお教えします!!」

ふくが言いかけると、みんながすごい勢いで言いました。

まずはじめにじこしょうかいしたラッキーから話《はな》してもらうことにしました。

「タノシイコトハ、ヤハリトモダチガタクサンデキルコト。アトハ、オモイッキリハシリマワレルコトデスネ」

次《つぎ》はこわがりのマルチーズのムーンです。

「きけんなところは、土佐犬のゴンのじんち……。ひゃあ～～～～」

ムーンは言いかけただけでこわくなったらしく、ひめいをあげました。

そのほかにも、ナッピィの話やララやルルの話、そして最後《さいご》にボスのシベリアン・ハスキーのゲンさんの話を聞きました。

ゲンさんは、ゴンの元《もと》仲間でした。

でもある日、ゲンさんは土佐犬のゴンと、ものすごいけんかをして、あちこちかまれてしまいました。

そのときときずついたゲンさんを見つけて、てあてをしてあげたのがケムというわけです。

ゲンさんは、ゴンの弱いところや、きらいなものなどいろいろ教えてくれました。

いつの間《ま》にか日がくれ、お日さまがさようならをしてしまうと、みんなもさようならを言って帰って行きました。

しかし夕方《ゆうがた》になっても飼い主さんたちは帰ってきません。

グ〜〜〜〜。

ふくのおなかがなりました。

グ〜〜〜〜。

「あの時、ご主人様がおいていってくれたビーフジャーキーとミルク、ケムとかギンにあげちゃったんだ」

ふくは、こまってしまいました。

しかし飼い主さんがいない今が、だっ走するチャンスです。

ふくは、空ふくのまま、だっ走作戦を考えました。

しかし、5分もたたないうちに、ふくは、頭《あたま》の中がだっ走のことでなく、食べ物のことでいっぱいになり、他《ほか》のことは考えられなくなってしまったのです。

「う〜〜。考えごとが全然《ぜんぜん》できないよ！　もう！」

ふくはだんだんイライラしてきました。

そこへケムがやってきました。

口に何かくわえているようです。

ケムは、もうスピードでこっちに走って来ると、急《きゅう》ブレーキをかけた自転車《じてんしゃ》みたいに勢いよく止《と》まりました。

「ハァ、つかれた。ふく……、ハラへっただろう? うまいもんもってきたよ」

ケムはそう言うと、口から魚《さかな》を落《お》としました。

「ケム、この魚、どうしたんだい? ケムは、ノラだろう?」

「うん、ぼく、いつも魚屋《さかなや》の前を通《とお》ってふくの家に来るんだ。その店《みせ》のおじょうさんに気に入られていて、残《のこ》りの魚とかかつおぶしをたくさんもらうんだ。さっき、ふくがビーフジャーキーとミルクをくれたから、お返《かえ》しにもらった魚を半分もってきたぞ。食べなよ」

ふくは、ケムの話を聞くと、勢いよく食《く》いつきました。

「ケム、おいしいよ。ありがとう。君はやっぱりぼくの親友だね」

食べ終《お》わってふくは言いましたが、ケムはもうすがたを消していました。

「よし! これで、考えごとが集中《しゅうちゅう》してできるぞ」

ふくは、気合いを入れました。

（ぼくの予想《よそう》だと、ご主人様は、明日《あした》は夕方の今ごろに帰ってくるだろう。そしたら、明日の昼間《ひるま》のうちにだっ走すればいいかな。いいや、朝早くにしよう。このリードのはずし方《かた》は、ご主人様がとっているのを何回《なんかい》も何回も見てるから、かん単《たん》だな。ちょっとはずしてみようかな）

カチャカチャカチャ。

しかし思ったよりむずかしく、前足と後《うし》ろ足を器用《きよう》に使《つか》って、やっとはずしました。

でもまだ考えごとをするので、だっ走しようとは、思いませんでした。

ふくは、リードがはずれたままで考えごとをつづけました。

しかし、何分《なんぷん》もたたないうちにだんだんまぶたが重《おも》くなってきて、ねむりの世界へと入ってゆきました。

朝です。空は晴れて雲《くも》ひとつありません。

ふくは、もうすでにおきて、だっ走計画を実行《じっこう》していました。

リードはきのうのよるにはずれていましたし、あとは家を出るだけです。

「ぼくのおうち！　行ってきまーす。いい子にしててね。わかった？」

ふくは飼い主に言われたセリフをそのまま自分《じぶん》の小屋に言って、家を出ました。

さあ！　ふくのだっ走、スタートです。

まずはじめは、ふくの知っている道《みち》（お散歩コース）から歩《ある》きはじめました。

ふくはその時、走りたくてたまりませんでしたが、体力《たいりょく》のムダづかいになると思ったので、歩くことにしたのです。

そのお散歩コースのはじめにあるのは、飼い主さんのお友達の家です。

その家の人たちはふくのことを知っているので、顔を見られないように、かきねのそばをかくれるようにして行きました。

まもなくするとコンビニのところにきました。人が大勢《おおぜい》いたので早足で歩きました。

アパートの近くに曲《ま》がり角《かど》があります。

ふくはそこでちょっと立ち止まりました。

朝早くおきて、すぐ考えたのが、この道を曲がるか曲がらないかです。

はじめは、少しこわい気もあったので、やめようかなと思っていました。
でもふくは勇気《ゆうき》を出して、その道へと行ってみることにしました。
しばらく行くとふくは、やっぱりこらえられなくなって、走り出しました。
舌《した》を出して、へーへー言いながら走りました。
体じゅうが熱《あつ》くなり、汗《あせ》がどんどんでてきます。
夢中《むちゅう》で走っているうちに、ふくのスピードはだんだん落《お》ちてきました。
そしてついにふくは、バタッとアスファルトの上にたおれてしまいました。
「わーん、もうつかれちゃったよー。こんなんじゃ走るどころか歩けないよ！」
ふくは、さっき走ってしまったことをこうかいしているようです。
そのうちにふくは目を閉《と》じてしまいました。
ふくの横《よこ》を通っていく人々は、みんなふくのことをジロジロ見ながらいきました。
「う、ううう―ん」
しばらくしてふくが少しずつ目をあけると、真《ま》っ先《さき》に見えたのが、ケムの顔です。

「あっ、ふく。気がついたね。もう、だめじゃないか！　ちゃんと計画を立てたのなら、計画通りに実行しなきゃ。ぼくもゲンさんに言われたことがあるんだ」

「よーし！　もう一回気合いを入れなおそっと！」

　ふくが言うとケムはニコニコわらいながらすがたを消しました。

「イタッ！」

　ふくは、しっぽがいたくてとびあがりました。

　通行人《つうこうにん》にしっぽをふまれたのです。

（なんだ。ケムのことは夢《ゆめ》だったんだ）

　どうやらふくは、ねむってしまって、夢からさめてケムがやってきてはげましてくれた夢を、まだ見ていたのでした。

　そしてしっぽをふまれて本当《ほんとう》に夢からさめたのです。

（計画は……、実行するんだ！　あきらめちゃいけないんだ）

　ふくは、心《こころ》の中でそうとなえながら立って、ふたたび歩き出しました。

（えーと。ご主人様のお友達のおうちの前を通って、コンビニのところをすぎて、アパートの近くの曲がり角を曲がって、どんどん走ってきて、ぼくは今ここにいるのか……。ということは次はどうするんだっけ。えっーと、あっそうだ。もうこのまま好《す》きに道をたどってみよう！っていう計画だったんだ)

ふくは真っすぐつき進《すす》んでいきました。

たんぼや畑《はたけ》や林や野原《のはら》の中の道をどんどん歩いて行きました。

はじめは人のすがたを見かけましたが、だれにも会わなくなりました。

森の中にくると、ふくはいやな予感《よかん》がしました。

するとむこうから、しっぽの短《みじか》いこわい顔のボクサー犬が、2ひきならんでやってきました。

いろが黒《くろ》くてにているので兄弟のようです。

兄《あに》らしいのがふくに話しかけてきました。

「名前は?」

「え?」

「名前は何だって聞いてるんだ!」

「ハ、ハイ、ふくです」

「オマエ、どこから来た?」

「兄《にい》ちゃん、コイツ、ノラじゃねえですよ」

弟《おとうと》らしいのが言いました。

「証《しょう》こは?」

「ハイ、オス犬ならケンカの経験は一回《いっかい》はあるはず。ケンカをしてるヤツらは、キズあとの一つや二つはあるはずでしょう。なのにコイツときたら、そのキズ一つもねえんです」

「よし分かった。でもその前に親分《おやぶん》に知らせねえといけねえから、コイツをつれてこい」

「承知《しょうち》!」

弟らしい犬がふくの手を引《ひ》っ張《ぱ》りました。

「あのぅ、一つだけ聞いていいですかね」

「なんだっての! そんなこと聞くヒマがあったら、親分へのあいさつの言葉でも考えとけ」

ふくが、こわがりながらも勇気をふりしぼってたずねると、弟らしい犬は、強く質問《しつもん》をことわりました。

2ひきにつれられて森の中の道をどんどん行くと、あたりがだんだんくらくなってきました。

おくのほうを見ると、真《ま》っ暗《くら》な大きなどうくつがありました。

ふくはこわくて思わず目を閉じました。

しばらくいって目をあけてみると、どうくつの中は明《あか》るい豆電球《まめでんきゅう》でてらされていました。

その豆電球は、一つのワイヤーにつながれていて、ゆらゆらゆれて気味《きみ》がわるいです。

豆電球の道は、長く続《つづ》きました。

そこに黒いかげが見えました。

体が大きくて、いかにも強そうです。

「おまえたち、よくやったぞ！　ほうびだ！」

かげが言うと肉《にく》のかたまりを一つずつ、2ひきの犬に投《な》げました。

2ひきはエサにくらいつきました。

「おい、そこのしば犬のチビ。話を聞こうか。こっちへ来《こ》い」

ふくの予想《よそう》が的中《てきちゅう》しました。

そうです。ここは、あの土佐犬のゴンのじんちの中でした。

一体《いったい》、ふくはどうなってしまうのでしょう。

「ここへすわれ。さっきはあの2ひきが失礼《しつれい》したな！　あいつらは手下のブンタとボンタだ。そしてオレ様は、ハッハッハッ！　言わなくても分かるよな」

「このあたりの大親分様のゴンさん」

「そうだ。よく分かったな。おまえたちは今日ここでオレ様のえじきとなるか、手下となって働《はたら》くかのどちらかだ！　ん？　答《こた》えろ！」

「おまえたちって、ほかにもだれかいるってこと？　だれ？　ほかの犬たちもまきこむなんてゆるせない」

「うーん、オマエは地《じ》ごくゆきだ！　ここでオレ様のえじきとなれ！」

ゴンが大きな声をはり上げたとたん、さっきの兄弟犬のブンタとボンタがやってきて、手足をつかまれて、どうくつのおくへつれていかれました。

中はうす暗くてほとんどなにも見えません。

少し歩くと、どこかでかいだことのある犬のニオイがしてきました。

これは仲間のニオイです。

「ここで一生くらせ！」

ブンタに言われ、ろうやみたいな小さなせまい部屋《へや》にぶちこまれました。

右の方《ほう》からかなり強いニオイがしています。

ふくは声をかけてみました。

「あのぅ、どなたかいらっしゃるんですか？」

「うう……。ああ……。む！　もしかするとその声は、ふくか？　オレがだれだかわかるか？　ゲンだ！」

「あっ、ああ、ゲンさんでしたか。どうされたんですか？」

「ちょっとな。ゴンとオレの関係は分かっているよな」

ふくは首《くび》をたてにふりました。

「ちょっくらゴンをせっとくしにきたんだ。もうこんなどうくつなんかにじんどって、わるいことをするのはやめて、いいかげん外に出て、ノラ生活《せいかつ》をたのしめよって言ったんだ。そしたらこのザマだ。ふくは？」

「だっ走して、いろんな道を歩いて森の中にくると、いつのまにかゴンのじんちに入っていて、手下のブンタとボンタにつかまっちゃったんです」

「そうか。よーし、こうなったらどんなことをしてでもにげるぞ。ふく！」

ふくは、こわいのであまり気が進みませんでしたが、うなずきました。

「おまえがここにいたいのなら、オレひとりでにげるけど」

「行きます！」

ふくは精《せい》いっぱいの明るい声で返事《へんじ》をしました。

しかし心の中では、失敗《しっぱい》したらどうなるか心配《しんぱい》でたまらなかったのです。

ふたりはしばらくの間、作戦を考えていました。考えついた作戦はこうです。

食事《しょくじ》の時間《じかん》が一日に3回あります。

その時、ブンタかボンタに言うのです。

『ぼく、やっぱり働きます』

『じゃあ、オレもゴンにあやまって、働かせてもらう』

そして、しばらく働いて、スキを見つけてにげるという作戦です。

「この作戦は、確実《かくじつ》でもないし、運《うん》で勝負《しょうぶ》だぞ」

ゲンさんが言ったので、ふくも運にまかせるよりしかたがありません。

いよいよ、待《ま》ちに待った夕飯《ゆうはん》の時間がきました。

「メシだ、おきろ！」

ブンタが言ったので、チャンスだと思いました。

ふたりは言いました。

「ぼ、ぼく、やっぱり働きます！」

「じゃあ、オレもゴンにあやまって、働かせてもらう」

「分かった。親分に言っておく。メシ食ったら親分の部屋にこい。ドアはあけておく」

ブンタは言うと去《さ》っていきました。

「ゲンさん、働くより今にげた方がいいかもしれませんよ」

「何言ってる！　計画はしっかり守《まも》れ！　どんなにチャンスがあっても、計画通りに進むんだ。計画にないことをするのは、計画が失敗してからにするんだ。分かったか？」

「うん、ケムにも言われたことがある」

「それよりはやく食え食え！」

「はい、急ぎましょう」

ふたりはものすごい勢いで夕飯を食べました。そしてせまくるしい部屋をとびだしました。

「あっ、そういえばゴンの部屋ってどこにあるんでしたっけ」

ふくが走りながら聞きました。

「オレが知ってる。オレの後《あと》についてこいよ。こっちだ」

ゲンさんはまかせろというように言いました。

ゴンの部屋は、ほかの部屋とはだいぶちがっていて、とても広いのです。

ドンッとすわれる大きなイス。

いつでもフカフカなベッド。

ヒマな時に見る大画面《がめん》テレビと本。

ノラ犬にはすべてがかがやいてみえます。

ふくとゲンさんもとりこになってしまいました。

ゴンが大きなイスで、ふんぞりかえって言いました。

「まあ、そこにすわってオレ様の話を聞けよ。おまえたち働きたくなったんだってな。よく決心した。それだけはほめてやる。だがな！オレ様の手下になるからには、それなりの価値《かち》がなくてはだめだ。そこでだな、ちょっとしたテストを受《う》けてもらう。いいか」

ふくとゲンさんは首をたてにふり、こくりとうなずきました。

まずはじめは、命令《めいれい》を聞くこと。

2つめはこのじんちの道を覚《おぼ》えること。（ここはせまいように見えるけど意外《いがい》と広いから）

3つめは早い行動《こうどう》を心がけること。

ふたりともそのテスト（命令を聞いたり、じんちの道を覚えたり、行動を早くすること）がしっかりできました。

ゴンが命令しました。

「よし、合格《ごうかく》だ。それではこれからいって、じんちの道の見はりばんをしろ。ブンタとボンタは休んでろ！　これもほうびの一つだ」

今こそチャンスです。

ゴンたちからはなれてできる仕事《しごと》だからです。

しかも、手下のブンタとボンタも休けいタイムなので、にげだすにはちょうどいい状態《じょうたい》だと言えるでしょう。

「ふく！　今がチャンスだ。このチャンスをのがしたら、次はいつくるかわからないからな。しんちょうに行動しろよな！」

「はい！　にげるんですか？」

「ああ」

ふくたちは、どうくつの外へ出て、森の中の道を急いでもどって、じんちの見はりばんをするところにきました。

さいしょにふくがブンタとボンタに会ってつかまったところです。

そこで一休みしていると、遠くからブンタとボンタをはじめ、おおぜいの手下をつれたゴンが走ってくるのが目に入りました。

ゴンはふくとゲンさんがにげたのに気づいたのです。

「待て、待て、やつらをつかまえろ！」

「ふく、待て、待てー」

「ゲン、待て、待てー」

ゴンと手下どもが、どんどん追いかけてきました。

「ふく、走れ！　走れ！」

「ガッテン、承知のすけ！」

ふたりは後ろを見ないで、もときた森の道をもうスピードでかけました。

しかし、ゴンとその手下はすぐ近くまでせまってきました。

「ヤバイ、ふく！　ふた手にわかれよう」

「やだよ、ひとりじゃこわいよー」

森のはずれの野原のふたまた道にでると、ゲンさんが言ったのですが、ふくは泣《な》きそうな顔で言いました。

「バカヤロー、このままじゃ、ふたりとも、やつらにつかまっちまうぞ。別々《べつべつ》ににげるんだ。兄弟、生きていたら、また会おうぜ」

「やだけどしかたがないよね。じゃまた、いつかどこかで……」

ゲンさんが左の道へいったので、ふくは右の道へいきました。

ゲンさんはシベリアン・ハスキーで、しば犬のふくよりニオイが強いのか、ゴンと手下はゲンさんがいった左の道を追いかけていきました。

ふくはむがむちゅうで野原の道を走っていくと、見たことのある林の中の道にでたのでした。

もう、ゴンとその手下は追ってきません。

ふくは、ひと安心《あんしん》です。

「だけどゲンさんはつかまっちゃったのかなあ」

そう思うとふくはなみだがでてくるのでした。

体じゅうがつかれて足がいたくて、もう走ることができません。

それにふくの体はあちこち、かすりキズで血《ち》がでていました。

ふくは足をひきずり、ひきずり歩いていきました。

すると、どこからかなつかしいニオイが、風《かぜ》にのってしてきました。

ふくはニオイにさそわれて、とぼとぼと歩いていきました。

ずっとむこうの原っぱに大きなクスの木がみえました。

ニオイはそっちの方からしてくるのです。

ふくは鼻をクンクンさせて歩いていきました。

すると、今まですみきっていた空に、急にわたあめみたいな雲が、もくもくと出てきて、雨がふってきました。
ポツリ、ポツリ。
ポッ、ポッ。
サァー、サァー。
ザーー、ザーー。
はじめは小雨程度《こさめていど》でしたが、だんだん強くなって大ぶりになってきました。
ふくの自まんの毛なみも雨にぬれて、じとじとになってしまいました。
ゴロゴロゴロ。
ゴロゴロゴロ。
ゴロゴロゴロ。
かみなりもなってきました。
ピカッ――――。
ドシ――――ン。
いなづまが走り、すごい音がしました。
ふくはこわくてブルブルふるえながら、急ぎ足になり、ニオイをたどって行きました。
ゴロゴロゴロ。
ピカッ――――。
ドシ――――ン。
いやな光《ひかり》とすごい音です。
ふくはかみなりがとても苦手です。
それでもがんばってニオイのする方へ歩いていきました。
「クンクン、あっ、目的地《もくてきち》がかなり近いぞ。ワンワンワン、あっ」
ふくは、あたり一面緑色《いちめんみどりいろ》の原っぱのまん中にある大きなクスの木の下にきてい
ました。
ふくはなつかしくてなつかしくて、しかたがありませんでした。
そうです、ふくは小さい時にそこにすてられていたのです。
その場所《ばしょ》で飼い主の女の子がひろってくれたのです。
クスの木の下にふくがすてられた時に入っていた段《だん》ボール箱《ばこ》がありました。
ニオイはそこから出ていたのです。

ふくは小さかったころの自分のニオイをクンクンかいで、おなかいっぱいすいこみました。

するとなみだがボロボロでてきてしまいました。

あたりには、かみなりが光《ひか》り、すごい音がしていました。

クスの木の葉《は》っぱのおかげで、雨は少ししか落ちてきません。

ふくは、段ボール箱の中に入り、まるくなりました。

そしてかみなりが遠くへいくまでじっとしていました。

「おかあさーん！」

ふくはあかちゃんのころ、お母さんのおっぱいをのんでいたことを思い出し、つい言ってしまいました。

しかしふくは小さいころすてられてしまったので、お母さんのことを、ほとんどおぼえていませんでした。

ただお母さんの体がとてもあったかで、やさしかったことだけおぼえています。

「ぼく、なんですてられちゃったのかな」

そう考えるとふくはなみだがボロボロでてきました。

飼い主さんの女の子がクスの木の下にすてられていたふくをひろったのも、雨の日でした。

ふくはこの段ボール箱の中で、雨にぬれて寒《さむ》くてふるえていたのでした。

女の子はとってもやさしそうで、ふくをひろってむねにだっこしてくれたとき、とてもあったかで、なんだかお母さんみたいでした。

「そうだ、ぼくはあの時、あの子にひろってもらわなければ、死んでいたかもしれない。あの子はぼくのいのちをたすけてくれたのに、ぼくはあの子の家から、だっ走してきちゃったんだ。ごめんなさい。ほんとうにごめんなさい」

ふくはそう思うと段ボール箱の中で、大声をあげて泣きました。

泣いて泣いて泣いて、もうなみだがでないくらい泣きました。

いつのまにか雨がやみ、かみなりが遠くへいってしまうと、ふくは段ボール箱の中に立ちあがりました。

段ボール箱の中で休んだので、体がすこし元気になりました。

ふくは急いで家に帰ろうと思いました。

飼い主さんの女の子の顔が見たくてたまりませんでした。

道はあまり覚えていませんでしたが、前に通った感《かん》じのする畑やたんぼの中の道に、かすかにのこっているニオイにそって走りながら行きました。

ふくの頭の中は女の子のことでいっぱいでした。

もうでないはずのなみだが、またでてきて、それが風にとばされて地面《じめん》に落ちます。

アパートが見え、家が近くなってきました。

ふくはそこの曲がり角をキッカリ曲がりました。

次にコンビニが見えてきました。

人々の前を思いきり走っていきました。

お散歩コースのはじめにある飼い主さんのお友達の家の前にくると、飼い主さんの女の子のニオイが強くしました。

きのうから一日しかたっていないのに、なつかしいなつかしいニオイでした。

家はもうすぐです。

ふくは、ずっと泣きつづけていたので、のどがつぶれて声がでませんでした。

なみだもぜんぶでてしまったので、もうまったくでない状態でした。

ふくが家に着《つ》くと、ふくのことを心配して目を泣きはらした女の子が、庭にとび出してきました。

「ふく！　ふく！　どこへ行ってたの。あたし、死ぬほど心配したんだからね。お父さーん、お母さーん、ふくちゃんが帰ってきたよー」

女の子は家の方にむかって大きな声で言いました。

ふくは庭にかけこむと犬小屋の前にペタリとすわり、女の子を見あげて、しっぽをさかんにふりました。

そのとき女の子とふくの目から、同時《どうじ》にひとしずくのなみだが落ちたのです。

# あとがき

宮下木花

わたしは、想像することが好きです。

動物が人間みたいに、しゃべったり、魔法使いとお友達になったり……。そういうことを考えるのが好きです。

わたしが詩や物語を書きはじめたのは、小学校一年生のころからです。

今までに二十五編くらい童話を書いてきました。

四年生のときから、石井由昌先生がやっていらっしゃる『童話のポケット』に、たくさんの作品をのせていただきました。

中でも好きな物語は、『ひとしずくのなみだ』です。主人公のふくのモデルは、『リンとチャッピー』のチャッピーと同じモデルで、前にわたしの家《うち》で飼っていた柴犬の「ふく」です。

今では、柴犬の「さくら」という「ふく」に似ている犬を飼っています。

今度は「さくら」をモデルにした物語を書きたいと思います。

今回は、今までに書いた中で十編の作品を選び、銀の鈴社の皆さんによって、一冊の本にしていただけることになりました。

とてもうれしいです。

わたしの六年二組の担任の丸橋まゆみ先生と神流小の先生方、わたしをご指導してくださり、ありがとうございました。

それとクラスのみなさん、わたしを応援してくれて、ありがとう。

わたしの作品をラジオで朗読し、紹介してくださった詩人の冨岡みちさん、ありがとうございました。

取材をして、読売新聞で紹介してくださった記者の加地永治さん、ありがとうございました。

わたしの作品を『童話のポケット』にのせ、ご指導してくださった児童文芸ペンクラブ代表の石井由昌先生、ありがとうございました。

『児童文芸』でわたしの作品をとりあげ、応援してくださった漆原智良先生、ありがとうございました。

わたしの作品を、ほめてくださった、山田修先生、ありがとうございます。

そして、最後にわたしのこの童話集をつくってくださった銀の鈴社編集長の柴崎俊子さん、西野真由美さんをはじめ、スタッフの皆様、大変お世話になりました。

心からお礼を言います。ありがとうございました。

## 作者紹介

宮下木花（みやした　このか）
1995年（平成７年）３月15日生まれ。群馬県藤岡市立神流《かんな》小学校６年生（11才）。
児童文芸ペンクラブ会員
『童話のポケット』（石井由昌氏主宰）に作品を連載。
小学校４年生のとき、詩集『こころのビーズ』で第22回新風舎出版奨励賞を受賞。
FMあまがさきで詩人でアナウンサーの冨岡みちさんによって作品が朗読紹介される。
2006年11月『ひとしずくのなみだ』（銀の鈴社・小さな鈴シリーズ①）刊
2007年11月『いちばん大切な願いごと』（銀の鈴社・小さな鈴シリーズ②）刊

創作年リスト

| | | |
|---|---|---|
| 1 | ピクニック | 小学校１年 |
| 2 | おたまじゃくしとかたつむり | 小学校２年 |
| 3 | リンとチャッピー | 小学校４年 |
| 4 | グーくんのザリガニ | 小学校４年 |
| 5 | グーくんのこいのぼり | 小学校４年 |
| 6 | ノロボトケ | 小学校５年 |
| 7 | ふりこめサギ | 小学校５年 |
| 8 | おばけのヌーさん | 小学校５年 |
| 9 | 冬のかき氷―動物村のレスキューたい | 小学校４年 |
| 10 | ひとしずくのなみだ | 小学校５年 |

〔表紙の絵とさし絵も作者が描きました。〕

NDC 916
宮下木花　作
東京　銀の鈴社　2007
124P 21cm（ひとしずくのなみだ）

定価＝一、二〇〇円＋税

小さな鈴シリーズ①

# ひとしずくのなみだ

二〇〇六年一一月一一日　初版
二〇〇七年一一月一一日　第二刷

作・絵――宮下木花©
発行所――㈱銀の鈴社　http://www.ginsuzu.com
発行人――西野真由美
〒104―0061 東京都中央区銀座一―二一―七―四階
電　話　03（5524）5606
FAX　03（5524）5607
〈落丁・乱丁はおとりかえいたします〉

ISBN978-4-87786-642-6 C8393

印刷・電算印刷　製本・渋谷文泉閣

小さな鈴シリーズは、
子どもがつくった作品です。

　このシリーズの第一作「ひとしずくのなみだ」宮下木花作は、とつぜん送られてきた原稿でした。先入観のないまっ白な頭で読んでいくうちぐいぐいひき込まれてしまいました。

　子どもの感性は、無限の拡がりを秘めている——

と、心の底から感じました。

勇気を出して「出版」という形で社会へ羽ばたいてもらいました。

　ある日、面識のない秋山ちえ子先生から熱い応援コールのお電話を頂きました。

「子どものもつはかりしれない力が、さらにぐんぐん伸びるでしょう」と。

　子どもの純な五感がパチパチとはじけて小さな鈴を鳴らす、太陽いっぱいの広場です。

銀の鈴社　編集部